MINECRAFT™
我的世界：拯救

MOJANG STUDIOS

MINECRAFT™

我的世界：拯救

[美]尼克·埃利奥普洛斯　著
丁卓祥　译

童趣出版有限公司编译　人民邮电出版社出版
北　京

图书在版编目（CIP）数据

我的世界. 拯救 /（美）尼克·埃利奥普洛斯著 ；童趣出版有限公司编译 ；丁卓祥译. -- 北京 ：人民邮电出版社，2023.11
ISBN 978-7-115-62329-4

Ⅰ. ①我… Ⅱ. ①尼… ②童… ③丁… Ⅲ. ①儿童小说—长篇小说—美国—现代 Ⅳ. ①I712.84

中国国家版本馆CIP数据核字(2023)第154081号

著作权合同登记号 图字：01-2023-2541

著　　：[美]尼克·埃利奥普洛斯
译　　：丁卓祥
责任编辑：刘佳娣
执行编辑：郭亚维
责任印制：李晓敏
封面设计：刘　丹
排版制作：李凤敏

编　译：童趣出版有限公司
出　版：人民邮电出版社
地　址：北京市丰台区成寿寺路11号邮电出版大厦（100164）
网　址：www.childrenfun.com.cn

读者热线：010-81054177
经销电话：010-81054120

印　刷：北京华联印刷有限公司
开　本：889×1194 1/32
印　张：7
字　数：210千字
版　次：2023年11月第1版　2023年11月第1次印刷
书　号：ISBN 978-7-115-62329-4
定　价：59.00元

致约翰，

虽已离去，但永存于心。

第一章

在一个月黑风高的夜晚，一个陌生人来到了平原镇。

波比做完了手上的家务，而她的小弟弟早已熟睡。整栋房子终于在此时安静下来，波比不禁将目光转向卧室的窗外。

她发现火光之外的地方有动静。

一开始，她还以为被自己的眼睛欺骗了。在这样的夜晚，几乎很难看到任何东西，月亮被乌云遮挡，插在小镇周围的火把更让阴影变得厚重了些许。她凑到窗前，眯着眼睛朝外面望去。

果然，她没看错。那不是火光闪烁造成的错觉，也不是从牧羊人埃利斯家跑出来的羊。那是一个身影在移动，但动作非常奇怪：它缓缓向前，伸长了双臂，好像在保持平衡一般。

波比觉得那可能是一只僵尸。她听说过关于它们的故事：它们是一种无脑的生物，是常在夜色中蠢蠢欲动，追逐生者的不死生物。

她虽然抗拒，但还是好奇。她探出身，仔细看着。

远处的身影看起来正在蹒跚地往前走，就像刚学会走路的小约翰尼一样。接着，它好像被自己的脚绊倒了，摔在了一支点亮的火把下面。

在火光中，波比终于第一次看清了那个身影。那根本不是僵尸，而是一个男孩，而且他现在需要帮助！

波比不顾父母的抱怨，从他们身边跑过，猛地打开了大门。小镇居民在日落之后不顾安危离开自己的家是违反小镇规则的，她很清楚这件事。但她也明白，自己如果因为去帮助一个有需要的人而违反规则，也是可以被原谅的。

“你好？”波比来到那个倒地的人面前，“能听到我说话吗？我是芭芭拉——是波比。”

那人抬起头，“毒药。”他无力地说道。

“毒药”这个词让波比彻骨生寒。这意味着这是有人故意为之？

“我得把你带到我们的牧师那儿。”她说道，“你觉得自己能撑到那儿吗？那里不是很远。”她把他的手臂搭在自己肩上，帮他站了起来。他拖着无力的双腿往前走着，不过她知道，只要自己支撑住他，他就不会再摔倒。

她不会让他摔倒的。

平原镇的神庙离她家只有几间屋子的距离。她顾不上敲门了。牧师埃弗里被突如其来的闯入者惊到了，他从楼梯上跑下来质问她。

“他中毒了。”波比解释道。

牧师嘟囔了一声，指了指桌子。波比帮这位陌生人爬了上去。他身上的铁盔甲与木质的桌面碰撞，发出铿锵的声音。在神庙明亮的灯光下，她看出他的状况已十分糟糕：怪不得她会以为他是一只僵尸，他看起来已经半死不活了。

牧师埃弗里检查了一下男孩的情况，朝波比比划着他的判断。

“凋灵？”她说道，拼尽全力试着理解牧师的手势和话语，“有解药吗？你有没有什么药水……？”

牧师的回答让她十分惊讶，但她不想问这是不是开玩笑，因为据波比自己的经历，牧师埃弗里可从不开玩笑。

波比跑进夜色之中，朝着小镇的最北方走去。那里是饲养动物的地方：有两只羊、四只鸡，还有一头名叫黛西的奶牛。

波比从来没有挤过奶，但现在情况紧急。黛西虽然用奇怪的眼神看着她，但并没有发脾气。

波比回到神庙，牧师埃弗里就逼着这个陌生人拿着桶喝完了牛奶。

“起作用了吗？”波比焦急地问道，“他会没事吗？”

牧师嘟囔了两句作为回应。最大的危机已经解除——牛奶解了凋灵的毒，但这个陌生人还很虚弱，他需要休息。

“也就是说，我得走了。”波比说道，“我还是识趣的，牧师。”不过她在出门前停了下来，转过身朝牧师露出了微笑：“感谢你的帮助。我就知道可以信任你。”

牧师埃弗里继续嘟囔着，对她的感激感到无所适从。这位牧师和平原镇的其他居民一样，不喜欢意外打乱他们的日常生活。今晚这件事确实与众不同。冒险者们经常会经过平原镇，但他们一般是来做交易或使用工作台的。这是第一次有外人真的需要居民们的帮助，平原镇也没让他失望。

波比感到自豪和满足，沉浸在做了好事的喜悦之中。

她如果知道那位陌生人后来会给她的生活带来多大的麻烦，也许此刻就会有不一样的想法了。

第二章

波比十分擅长修栅栏。她已经积累了不少的经验。

平原镇是个宁静又朴实的小地方，坐落在一片草原的正中心，周围没有树木和山丘遮蔽。波比从来没有从远处看过自己的小镇，但她觉得从几里外肯定能看到这里，尤其是晚上，这里的火把会在墨黑的夜色中像星星一样闪烁。

晚上是怪物们出没的时候。

波比躺在床上试着入睡的时候，偶尔会听到它们的动静：游荡的骷髅走动时发出的咔嗒声、掠过屋顶的蜘蛛发出的窸窸窣窣的响声和嗞嗞声。有一次，她甚至看到了一只末影人在客厅里漫步。它发出了一些奇怪的声响，移动了几件家具，然后就随着一些紫色的光点消失了。她那晚一直都没睡着。

经常在这里出现的还有冒险者们。冒险者们和居民不一样，他们没有固定的居所，也不被任何职责束缚。他们游走于各地，而且在波比看来，他们并不注重礼貌。他们会为了少走几步在墙上和栅栏上开个洞。他们会随心所欲地拿走居民箱子里或花园里的东西，留下一地垃圾。他们经常和怪物们打起来，毫不在意造成的破坏。

波比对此感到不解。她可不会到处破坏别人的东西。

不过只要平原镇有什么东西坏了，她都会去修理。

“这样就好了，牧羊人埃利斯。”她说着，把最后一块栅栏安好。她在修理时用的是橡木，这样修好的地方能和栅栏的其他部分匹配，也能和小镇里的其他东西相配。除了有一些原石之外，平原镇几乎都是用橡木建造的。“看吧？根本看不出来这里损坏过。”

牧羊人埃利斯用小镇特有的语言哼唧了几句。波比得集中精神才能大概理解牧羊人说了什么。

她耐心地点点头，在日光下眯起了眼睛。“你的羊肯定没跑太远，它们从来都跑不远。”她说道，“不过我会找到它们，把它们带回来的。我保证。”

牧羊人埃利斯转身检查波比的修理成果，她早已迈开脚步沿着穿过小镇的土径，朝南方出发了。她朝几位邻居招了招手，他们正在小镇广场上散步，在小镇正中心位置生长着一棵大橡树。它被称作心橡，居民们经常在一天的工作开始前聚集在树下闲聊。“大家早上好！”她说道。他们也朝她招了招手。

小镇的神庙坐落在大橡树对面。波比走进去，呼喊起来。

“牧师埃弗里？是我，波比。”

牧师从炼药台上抬起头，那里有几瓶新药水在沸腾。

“我们的客人呢？”波比问道，“他好些了吗？”

牧师激动地指着周围叫喊着。

“他走了？还留下了垃圾？”波比从地上捡起一块被扔下的泥土，叹了口气。“可真是慷慨，”她说道，“看来他也是一位冒险者。”

波比溜出了门，继续她的行程。她拜访了制箭师利，他的羽毛快用完了；然后见了石匠布拉德利，他自豪地向波比展示了一块被他打磨到发光的石头。

制图师黑文的屋里看起来没人。“有人吗？”波比喊道，“我只是想确认一下你的材料有没有用完。”

屋里没有人回答。波比打开制图师的箱子看了看，他没有面包了，她今天得再烤一些了。她在明亮的屋子里左顾右盼，这里色彩缤纷，到处挂满了画，地上摆着花盆，还有一个满满当当的书架。她拨了拨桌上指南针的指针，研究起挂在墙上的大地图。

平原镇是地图上最小的那个点。波比所知的一切都挤在这么小的一个地方，这几乎是无法想象的一件事。世界真的很大。

还有那片海！地图大概有三分之一都被一大片漩涡般的蓝色占据。主世界里怎么会有那么多的水？

波比全神贯注，差点儿没有听到有声音。

一些微小的动作，一阵窸窸窣窣的声音。

这里并不是只有波比一个人。

“有人吗？”她边说边转了一圈，没看到任何人，所以停下来倾听起来。

她听得不太真切，但这里确实有呼吸声。

“有人吗？”她再次大声问，注意着身边的一切动静，“那里有人吗？”

随着一阵愉快的咕噜声，一个小小的身体从附近的书架上一跃而下，飞向波比。

波比这才明白了，她并没有被袭击，而是被抱住了。

她的小弟弟的恶作剧经常让她防不胜防。

“约翰尼！”她喊道，“你差点儿吓死我。”

弟弟开心地咯咯笑着，好像是赢了一场波比根本不知道他们在进行的游戏一样。

她回抱住他，不过他马上就从波比的怀抱中钻了出去，跑向桌子，然后不知为何爬了上去。

“你要做什么？”波比问道，“长大之后，你想制作地图吗？你肯定会成为一名伟大的制图师。”她盯着他，想看他会不会拿起指南针，但此时他好像对自己的双脚更感兴趣。

波比喜欢想象弟弟长大之后的样子。不管他做什么，她总能从中畅想未来。在铁砧上跳起踢踏舞？那他肯定会成为一名铁匠。趴在一堆羊毛上？也许有一天他可以超越牧羊人埃利斯。

看着约翰尼在主世界的大地图前跳来跳去，她如释重负：约翰尼也许很勇敢，但是他肯定不会成为一名冒险者。这是不可能的，居民是居民，冒险者是冒险者，一种人不会变成另一种。

这样也好，光是想到要和弟弟分离这件事就让她心痛。

制图师黑文出现在门口，哼哼唧唧地对他们闹出的动静表达着不满，并将姐弟俩轰了出去。“抱歉！”波比边说边大笑起来。制图师当着他们的面关上了门。

“坏宝宝，”波比摇着手指说道，但她仍然笑容满面，“父母知道你在这里吗？他们知道你从家里跑出来了吗？”

约翰尼咯咯笑起来，然后便转身溜走了。

这个孩子总是喜欢四处乱跑。波比经常会在意想不到的地方找到他：有时爬上了屋顶和阳台，有时在追逐鸡群，有时在床上蹦跳。波比觉得这是小孩子的正常行为，但想跟上他的脚步非常费力。有一次她甚至花了一天时间去找他，最后却发现他在皮匠沙恩的炼药锅里睡着了。（因为这件事，沙恩一直都没给他们好脸色，波比也觉得这能理解。）

现在，她正看着他和小镇上的傀儡玩耍。戈阿利耶是个温柔的傀儡，由钢铁铸造而成，一直保卫着小镇。有了戈阿利耶，波比可以睡得更加安稳，因为她知道戈阿利耶一直都在，而且会一直保持警惕，随时准备保卫小镇和居民免受威胁。

戈阿利耶比其他居民高一头，有两个约翰尼那么高，它有宽大的肩膀，双臂长而有力。不过约翰尼并不害怕这个傀儡。波比看见戈阿利耶拿出了一朵花，那是一朵鲜红的虞美人，约翰尼毫无惧色地走过去，从它手中拔出了那朵花。

“约翰尼，要有礼貌。现在该说什么？”波比提醒他。见他不打算说什么，便转向傀儡：“谢谢你，戈阿利耶。”

戈阿利耶没有嘴巴，不能回答。实际上谁也不知道这个傀儡在想什么。波比倒是觉得和它对话时，它的眼中会泛起微光。

约翰尼朝家的方向走去，也许正考虑要在路上做什么“坏事”，但至少他的方向是对的。波比继续向南走，越过了小镇的边缘地区。穿过小镇的土径延伸到了图书馆，前面便是一片遍布着蒲公英的草地。在这远离建筑的地方，延伸了数里的平坦草地尽在波比的眼底。牧羊人埃利斯的羊群无处可藏，波比看到它们正在一个水塘边吃草。

水塘边刚好生长着一些甘蔗。波比可以用它们制作烘焙用的糖……也许还可以做一些新的纸送给制图师，作为补偿。她掰断甘蔗，放进背包，然后将注意力转向羊群。“快来吧，布布。快来吧，皮皮。”她说道，“休息时间结束了，你们该回家了！”

布布一边吃草一边静静地看着她，皮皮则不满地咩咩叫着。她可能把它们认反了，因为分辨两只外表相似的羊并不简单。

“好吧，我们可以再等一会儿。”波比边说边在水塘边坐下来，“你们都和约翰尼一样固执。而且，为什么要跑出来呢？这外面有什么好东西吗？”

她向平原望去。这片平原一直延伸到她目光所及的最远处，最终被一条山脉阻挡。

波比叹了口气：“让我来告诉你们外面有什么。混乱和危险，贪婪而鲁莽的冒险者们，还有想吃掉你们的东西。”她转身面向小镇：“平原镇是我们的家，家里是安全的。你们也知道自己要做什么，今天、明天和后天都是如此。因为一切都不会改变，而且——”

波比说着突然噤声，她看到眼前已经发生了改变。

灾难已经来了。

“大树，”她上气不接下气地说着，“心橡着火了！”

第三章

平原镇的“心脏”在燃烧。

当波比跑进小镇时，她甚至不敢相信自己的眼睛。但事实是无法否认的：心橡被一道火柱吞没了。橙黄色的贪婪火舌闪烁着伸向天空。

但是……并不是所有火舌都伸向了天空。波比看到火焰从树上蔓延到了周围的草地上，沿着地面烧开。

平原镇的大部分东西都是用橡木造的。

“我们的屋子会被烧着的！”波比喊道。她转向在路边沉默而惊恐地看着眼前景象的居民们：“我们得做点儿什么！”

居民们惊恐地叫嚷着。但他们能做什么呢？

波比绞尽脑汁地思考着。她责怪自己没有在水塘边打一桶水，但想到一桶水完全是杯水车薪，又马上责怪起自己。

她的背包里有什么呢？一些木棍、甘蔗、几捆小麦……

还有泥土。她有整整一组泥土!

波比马上行动起来。她绕着广场跑起来，边跑边在周围用泥土堆出矮墙。

草地会着火，但是泥土不会，它可以在火焰和小镇的诸多建筑之间形成一道屏障。波比一生中从来没有像这次这么想感谢泥土。

搭建好屏障之后，波比看向离自己最近的居民——牧师埃弗里。“你看到约翰尼了吗?”她问道，“他还好吗?”

牧师埃弗里肯定地叫嚷着，然后朝路的另一边偏了偏头。约翰尼这次很安静，他正坐在戈阿利耶的肩膀上，和一群居民看着燃烧的大火。波比走进人群来到戈阿利耶的身边捏了捏约翰尼的脚。波比和她的邻居们肩并肩，一起默默地见证着大火慢慢燃尽。

危险消除了。但那棵比人们的记忆还要久远的心橡已经被吞噬，不复存在了。

波比觉得应该说点儿什么。她努力想找到几句可以带来宽慰大家的金玉良言，但什么都想不出来。悲伤和震惊在寂静中继续蔓延。

令她惊讶的是，一个陌生男孩突然打破了这片寂静。

“这也太炫酷了，”男孩说道，“比想象中壮观得多。”他穿过惊恐的居民，从波比临时搭建的土墙上越过，走向曾长着心橡的那片地面。那里已经被烧焦了。

波比意识到，这不是一个普通的陌生人，这是那个陌生人，是她前一晚帮助过的那个。她以为他已经走了，但他仍在这里，且明显已经康复了。他现在肯定感觉好些了，因为他正咧嘴笑着——在这种时候咧嘴笑着。

“不好意思，”波比说着，声音盖过了邻居们的窃窃私语，“你在干什么？”

男孩一时间有些惊讶。“喔，你是真实存在的。”他说道，“说实话，我还以为你是我幻想出来的。”

波比皱起了眉：“我当然是真实存在的，而且……虽然我无意冒犯，但我刚才问了你一个问题。”

男孩很显然不在乎自己是否无礼，用好奇的眼光深沉地看着她：“你是什么东西？某种变异傻瓜吗？”

“你说什么？”波比说道。

“我无意冒犯，”男孩说，但是波比仍然觉得被冒犯了，“只是，你看起来不像其他我见过的居民。你的声音也和他们不像，但是你的行为让人感觉你好像住在这里。”

“我确实住在这里，”她说，“这里是我的家园。那棵树世世代代都矗立在那里。你……不会和这场火有什么关系吧？”

“好吧，其实，”男孩说道，“火是我放的。”

波比倒吸了一口凉气，这个消息和他的态度都让她感到震惊。“你怎么能——？”

“并不难。”他得意地笑着，“看，只需要打火石，然后——”

“不是，”波比说道，“不是这个，我的意思是，你为什么要这么做？”

“好吧，说来有趣，”男孩说道，“你知道把木头放在熔炉里烧可以得到木炭吗？”

“什么？”波比问道。

“木炭，”男孩说，“它在很多时候都很有用，把木头放在熔炉里烧就可以得到，但是那很费时间。”他将视线从她身上移开，看向地面。“我以为如果跳过使用熔炉这一步，直接点燃一棵大树就可以很快得到很多木炭，不过……不行。没有这样的好事。”他耸了耸肩，“哎呀。”

“哎呀？”波比重复着，她简直不敢相信自己的耳朵，“在你脚下就有煤！不管往哪里挖，你都能找到用不完的煤。而你却——摧毁了一棵我们保护了那么久的古树来制作木炭？而且还没成功？”

“这样说虽然有点儿夸张，”男孩不假思索道，“不过，我觉得确实是这样吧！”

波比感到怒火中烧。不仅仅是她，在她身后，邻居们也愈发激动，不满的叫嚷声此起彼伏。

“哇！”男孩笑着说道，“这听起来可不太好。他们怎么那么激动？”

“我觉得你最好离开。”波比说道，“抱歉，这里不欢迎你。”

这却让男孩的笑声变得更大了。波比觉得他的笑声听起来很尖锐刻薄。

“我还没打算离开，”他说，“现在还不是离开的时候，我还有很多箱子要搜刮，还要给很多羊剪毛，而且我好像在这里看到了一个傀儡，那家伙会掉落铁锭，你知道的吧？”

“别想伤害戈阿利耶！”波比用尽可能冷漠和强硬的语气说道。

男孩窃笑起来：“你们还给傀儡起了名字？哇，你们真是怪。”

“你在这里待了太久了，”波比说，“快走，我……我不会说第二遍。”

“好吧，”男孩说，“你为什么让我走呢？”说完，他便拔出了一把剑。

那是波比所见过的最恐怖的武器，它用钻石打造，边缘锋利到像能斩断空气，晶莹剔透的天蓝色剑身被一层淡淡的紫色光环笼罩着。

波比下意识地退了一步，不知如何是好。就在她迟疑之时，一道彩光从她眼前闪过——一开始她以为是那把剑。

不过，那是戈阿利耶。它向前一跃，站在了他们之间，朝着男孩狠狠地出了一拳，把他打倒在地。

波比吸了口气：“戈阿利耶，不要！别伤害他。”

男孩看起来十分愤怒，他将目光从地上移向戈阿利耶和波比，怒视着他们。“好吧，”他说，“我知道这里不欢迎我。”他站起来，把剑收好，然后掸了掸身上的灰，波比看到他的盔甲已经凹下去一块。“这本来就是个讨厌的小镇。”

男孩准备离开，周围聚集的居民便让出了一条路让他过去。他怨恨地伸出手打掉了图书管理员克拉克头上的帽子。戈阿利耶紧张地往前迈出了一步，不过居民拉住了它的手臂。他们不想再节外生枝了。

“你会后悔的，”男孩边说边走向平原，“你会后悔这样对我的，会后悔遇到我的！”

波比什么都没说，她转身看到曾长着心橡的地方变得空荡荡的，她想：我会后悔遇到你？我已经后悔了。

第四章

在不远处的地底，一位名叫本的雄心勃勃的英雄发现自己被洗劫了。

他没睡好，在睡梦中发现自己被困在了一张巨网中。黏糊糊的丝线不断微微摇晃摆动，本知道这代表什么：附近有可怕的蜘蛛在游荡，它迫不及待地想要吞下他的血肉，它正在他的视线之外沿着网接近他，含有剧毒的唾液正沿着它的下颚流下……

他颤抖着醒来，拉扯着乱成一团的床单。过了好久，他才发现那只是一场梦，自己平安无事。

马上，他就发现了自己是孤身一人。

他站起身，对自己的朋友不在这件事感到疑惑。“洛根？”他轻轻地喊了一声，害怕引起不必要的注意。他觉得最好先找到自己的武器。

“这可不妙。”他看向床边的箱子，那是他昨晚入睡前存放所有贵重物品的地方。之前里面有矿石、铁锭和红石粉、药水、浸入了药水的箭、一把钻石镐和一把附魔的剑。还有绿宝石！一整组漂亮的、闪闪发光的绿宝石。

但现在这些都没了，所有东西都没了。

“这可真的不妙了！”他再次喊道，“洛根？你在吗？”

虽然他完全不期待得到回应，但他非要试一试。不只是洛根消失了，洛根的床，还有属于他的其他东西也都一起不见了。而且，很明显，他的东西也被带走了。

“洛根！”他尖声喊道。

有什么东西回应了他，但不是洛根。

黑暗中传来了尖锐的嗞嗞声，让本神经紧绷。他清楚转过身会看到什么——一只苦力怕正在静悄悄地靠近。它怪异的面孔就像恐怖的面具，下垂的嘴巴大张着，发出尖叫。

本下意识地往前迈出一步，举起平时拿剑的手臂——他的手里是空的，确实是空的。

不过他还是挥了下去，徒手攻击苦力怕。那只怪物一下被击退，一时间变得摇摇晃晃。本想着：我能做到。

然后苦力怕爆炸了。

本感受到了爆炸带来的痛感，然后是摔倒后的迷失感。烟尘蒙蔽了他的双眼，他脚下的地面似乎也消失了。他坠落了一小段距离，落地时又重重摔了一下。

过了好一会儿，本才渐渐清醒过来。此时，他发现自己掉进了一个更深层、更暗的洞穴。他的身边布满了苦力怕爆炸后留下的破碎石块。上面的一支火把掉在了他的脚边，他昨晚曾将这支火把插在墙上。他从地上把它捡起来，然后立了起来。

在火光中，本把散落一地的石块收集起来。除了睡觉时身穿的盔甲，他现在只有这些石块了。他的盔甲也曾风光一时。他的简易铁胸甲表面已经坑坑洼洼，伤痕累累；也许它刚刚就救了他一命，但肯定不能再承受那样的冲击了。

他受伤了，但比起生理上的伤痛，自己被丢下了这件事更让他受伤。本知道这种事可能会发生，洛根警告过他，让他在两人的合作中多出些力。本没试过这么做吗？他知道自己尽力了。

看起来他以失败告终了。

本沉闷的思绪被黑暗中的嚎叫声打断了。

现在没时间悔恨和自责了。在阳光可以带来的片刻安宁之间，还有着不知道多少可怕的怪物正等着本。他手无寸铁，资源匮乏，还几乎毫无防护，手上的唯一光源只有昨天留下的火把。沿着二人的足迹原路返回是得以生还……还有可能是和消失的朋友重聚的最好机会。

不过这只是个计划。他觉得希望渺茫。不过如果这次他能活着出去，肯定是一段精彩的故事。

而且，或许这样也终于可以向洛根证明一件事，那就是本可以成为像他那样的英雄。

第五章

在心橡着火之后的几天，陌生男孩的所作所为和他的话像诅咒一般笼罩着平原镇。

不过日子一天天过去，波比逐渐重回正轨，也慢慢忘记了他。

不过他确实在这里留下了痕迹。

现在波比每天都会先检查广场。她拆掉了临时搭建的土墙，草很快重新长了出来。至于有关心橡的事，就另当别论了，而且没有那么容易解决。波比种下了四棵小树苗，希望它们能在生长时缠绕在一起。也许有一天，它们可以长成能和失去的心橡媲美的参天大树。不过，就算那一天会到来，现在想这些也还为时尚早。

“快点儿，小家伙们，”她哄劝着，“快长得又大又壮，你们能做到的！”

农夫布里亚朝她叫嚷着什么。

“骨粉？从哪里可以得到骨粉？”她问道，“我可不会去和骷髅战斗。”

农夫又嚷嚷了几句，牧羊人埃利斯也表示赞同。

“好吧，我很看好你们两位的信心，”波比说道，“我会记住这件事的。”

午后的太阳刚开始缓缓西沉就消失在了厚厚的云层之后，夜幕仿佛很快就要降临。

波比在天色突然间变暗后感到一阵寒意。“肯定是暴风雨要来了。”她说道。

她完全想不到会发生什么。

狂风大作，远处雷声滚滚。波比加紧完成手上的工作。

她这次又远离小镇，来到了一片橡树林。这些树扎根在平原上，就像一丛杂乱的毛发。波比来到这里的目的是补给，她对橡木从来都是来者不拒的。

不过当一道闪电在地平线上划过时，她决定先放下工作。被困在暴雨里可能会很危险，而且这不只是自然方面的原因。有时，如果云层够厚，夜行生物也会在白天的暴雨中现身。无论如何，波比都不觉得自己的木斧可以和怪物抗衡。

就在她进入小镇时，几滴雨打在她的肩头上。她从戈阿利耶身旁走过，它正监视着平原，搜寻着危险的迹象，又或许这个傀儡只是对闪电颇有兴趣。和往常一样，戈阿利耶对下雨毫不关心，也从来不会找地方避雨。傀儡不会生锈真是太好了，波比这么想着。

波比在匆匆地前往小镇中心时，看到邻居们都在来回奔波，急着完成各自的工作。“这肯定是把大家伙！”她对站在铁砧前的武器匠说道，他一边进行一把剑的收尾工作，一边朝她哼哼着表示同意。

窗框在风中咯咯作响。农夫布里亚的作物剧烈地摇动。闪电在天空中闪烁，波比终于跑回了家，然后迅速地关上了身后的门。透过窗户，她看到刚才淅淅沥沥的雨点已经变成了倾盆大雨，她刚好到了家。

“呼——”她靠着门说道。她的父母抬起了头，对她的突然出现感到有些惊讶。他们想给她一碗汤。

“谢谢，那可太好了，”她说道，“不过约翰尼在哪儿？”

她的父母嚷嚷起来。

“什么叫你们不知道？现在外面可有暴雨！”

他们支支吾吾地辩解着。

“那就在他身上放个铃铛！”她说道，“不能让他整天在外面乱跑。”

波比愤愤起身，然后猛地拉开了大门，朝雨中奔去。只过了一秒，她就浑身湿透了，她本来不想这样的。

约翰尼肯定要被责备。只是她得先找到他才行……

除了挨家挨户去找之外别无选择。她知道他不会在外面。她问过了牧羊人和农夫，还有制图师和图书管理员。他们都没有看到她的弟弟。

轰隆隆的雷声在小镇中回响，波比也愈发不安。她全身已经湿透，鞋子变得沉重，每走一步都嘎吱作响。但她还有十几栋房子没有“检查”！

天色越来越暗，她几乎看不到任何东西了。

一道闪电让波比暂时看清了周围。她看到面前有一个身影，正站在土径的中间。那肯定不是她的弟弟，因为约翰尼不会像这样毫无顾忌地在暴雨里游荡。而且，那个身影太高了，根本不像她的弟弟。

“牧师埃弗里，是你吗？”她问道，“还是……还是牧羊人埃利斯？”她听到自己的声音十分微弱。那个身影好像完全没有听到她说话。不过现在波比很难看清任何东西……

“你好？”她提高了声调，让对方可以在暴雨中听到自己的声音，“谁在那边？”

那身影猛地抬起了头，看来她的确引起了对方的注意。

她马上意识到了自己的错误。

“僵尸——”波比轻声说。

那只僵尸死死地盯着她，步履蹒跚地靠近，她立刻转过身跑起来。家离这里不远，她来得及，只要不回头就好。

她只顾着担心身后的那只僵尸了，竟完全没有注意面前也有一只。

现在回家的路被挡住了，她跑向了另一个方向。

她躲进了一条小巷，这里暗得吓人，但这对她有帮助。

就算在慌乱中，波比也意识到了一件重要的事。

小镇受到了僵尸们的攻击！

波比喊了出来，然后马上意识到这是她最不该做的一件事。她用手捂住自己的嘴，害怕喊声会把它们吸引过来。

不过她很幸运，打雷的轰隆声掩盖了她惊恐的声音。

她首先想到了约翰尼。其他人都安全地躲在了家里——还好有这场暴雨。但她的弟弟呢？虽然他应该也找到了一个躲避的地方，但只要雨一停，他就会跑出来，马上撞上这群不死生物。

波比得拉响警报才行，她得让所有人知道危险的到来！她想再次喊出来，但这样只会让居民们四散奔逃。

她小心翼翼地靠近小巷的尽头。她朝暴雨中看去，看到了火光中的广场。四棵树苗前面是一个木质的拱顶，拱顶下面悬挂的一座钟，正在火光中闪烁。如果波比可以敲响钟，整个小镇的居民就能知道危险来了，这样他们就知道要待在屋里，还要把约翰尼关在屋里。

只是有一个问题：在波比和那座钟之间至少有四只僵尸。她也许能躲过一两只，但是躲过四只？那是不可能的。

而且就算她躲过了，就算她成功到了钟那里，在她敲响钟的时候，附近所有的僵尸都会知道她的确切位置。

她踌躇着，考虑着如何选择，但发现没有一个选择是好的。

“拜托，波比，”她小声说着，“你能行的，别像鸡一样胆小。”

鸡？这就对了。她刚说出这个字，就想到了农夫布里亚家让人赞不绝口的鸡肉。

如果波比聪明且谨慎，而且所做的事都恰到好处，那些鸡可能可以拯救整个小镇。

第六章

波比对平原镇了如指掌。她就算睡着了都能画出这里的地图；她可以闭着眼睛从小镇中心走到任何一栋建筑的门口，而且不会踩到一朵花。

这也是她决定破坏火把的原因。

她强迫自己这么做。她内心深处也不想让小镇变得更暗，但她知道，理论上，黑暗会让她更有优势，会让她更加不易被发现。她就这样慢慢地、小心翼翼地到达了小镇北侧农夫家的栅栏处。

栅栏的另一侧有两只鸡，萨莉和休休。它们无忧无虑地咯咯叫着，仿佛毫不在意周围发生的一切。“如果你们能给大家一些警告就好了，”她轻声对它们说，“就像是，‘咯咯哒，僵尸来啦，你们知道吗？’这样就能帮上大忙了。也许你们可以这样试试。”

萨莉轻轻地咯咯叫了一声。

“好吧，”波比说着，伸手拿走了一枚新鲜的蛋，“但是我要把这个拿走了！”

波比朝北边望去。她看不到很远的地方了，风暴吞噬了平日里农田如画般的美景。但她知道前面有一片开阔的草原，什么都可能潜伏在那里。平时，知道这些事让她感慨小镇是多么安全。

不过现在小镇并不安全。对于波比来说，比起回去想办法敲响小镇中心的钟，可能往外走到草原上才是一个更明智的选择。

“也许有时更明智的选择是出于自私，所以我根本不应该这么考虑。”她轻声对自己说。

休休咯咯叫着，好像同意她的观点。

“说得对，”波比说着，把蛋紧紧地抱在怀里，“我要回去了。”

波比小心地计划着每一步。她贴着建筑前行，那里的阴影最重。她下定决心慢慢前进，这样才不会出错。

雨渐渐小了，波比明白自己要快点儿了。如果暴雨停歇，她的邻居和家人可能会出门，就会被抓个措手不及。

她加快了脚步，沿着橡木质的墙壁前行，脚步轻盈但敏捷。不出几分钟，她过了一个转角，小镇的中心就在眼前。那里的钟近在咫尺，但没有更多建筑可供她躲藏了。在她和钟之间，只有空气……还有“活死人”。

雨完全停了，波比知道自己不能再浪费时间了。她用手掂量着蛋的重量，然后把它扔了出去。

啪的一声，那枚蛋在钟上摔得粉碎。钟向后摆了一下，接着向前摇了一下，然后又向后摆了一下。钟一边摇摆，一边发出了声响：

哐！哐！哐！

波比想庆贺一下。她做到了！她让整个小镇的人知道了他们正身处危险之中。

但她也提醒了僵尸们。

其中一只僵尸看到了从空中飞过的蛋，便发现了她。

它招呼着的伙伴。不出几秒，广场上所有的僵尸都看到了波比。

波比蜷缩成一团，绝望地尝试着尽量不让这些"活死人"碰到自己。她紧紧闭上眼睛，听到脚步声在夜色中回荡，就像刚才暴雨中的雷声一般。

只是……奇怪，这脚步声听起来十分响亮，十分沉重，不像是僵尸发出的。

戈阿利耶来救她了！

戈阿利耶战斗着，它要清出一条路来到她面前。

戈阿利耶坚实的铁臂上下摆动，击飞了一只又一只僵尸。波比看到这一景象，稍稍安心了一些。但好景不长，就算戈阿利耶如此强大，它还是寡不敌众。受伤的僵尸重新站起来，再次加入了队伍。它们围住了戈阿利耶。

波比看到随着戈阿利耶承受了越来越多的伤害，它表皮上的裂纹开始逐渐扩散。

这让她立刻行动起来。她手中最接近武器的东西是木斧，现在只能靠它了。她向前一跃，挥舞着木斧。它们几乎没有注意到她——它们一直将敌意集中在戈阿利耶身上，但她继续努力着。她必须帮助戈阿利耶，因为戈阿利耶帮助了她……

突然间，她的木斧碎了。

她早该知道的，这把木斧本来就不能当作武器使用。而且她在平原上用它砍伐木头时，它就已经破旧不堪了。

她在背包里寻找着，想着肯定还有什么东西能用。

就在这时，戈阿利耶打中了她。

波比一开始还不知道发生了什么，她只感到了疼痛，然后就发现自己往后飞了出去，刚好落在了神庙的门口，就好像被戈阿利耶送到了安全的地方一样……

她回头看向戈阿利耶所在的地方。这些死物已经淹没了它：它们层叠攀爬着，压制住了它。戈阿利耶在这片骚乱中望向远处，与波比的目光相交。她以为会看到它的面容因愤怒、痛苦或是恐惧而扭曲，但戈阿利耶还是如往常一样面无表情。它知道自己救了她一命吗？这件事会让它心安吗？波比想从它的目光中找到答案。

然后，一只僵尸给了它最后一击。戈阿利耶的铁质表皮裂开来，它发出了最后的喘息声，那声音是垂死时的悲鸣，然后它便分崩离析了。

“戈阿利耶！”她喊道，“不！”

僵尸们马上将注意力转到了她身上。

波比转过身，撞向神庙的门。门一下被撞开了，她冲进去，然后马上把门猛地关上。

她忧心忡忡地看着关上的门。

波比身后传来了脚步声，她下意识地伸出手臂，直直地打在了牧师埃弗里脸上。

“对不起！”波比说，“你吓了我一跳。”

牧师愤怒地嚷嚷着，但看到波比的样子之后，他的语气便缓和了下来，但充满了担忧。

“我没事，”波比回答道，“不过……戈阿利耶离开了我们。”

牧师埃弗里的脸色暗了下来。他悲伤地点了点头，然后伸出手摸了摸波比的肩膀。他向她保证，他们在神庙里是安全的。

就在这时，门被撞成了碎片，僵尸们冲了进来。

第七章

从神庙破碎的大门外不断涌入僵尸。波比和牧师二人都手无寸铁，马上被包围了。波比推搡着攻击者们，将埃弗里从它们贪婪的手中拉出。她侥幸躲过了怪物的尖牙利齿。

“我们得走了，”波比说着，拽住了牧师的胳膊，“快点儿！”她拉着牧师埃弗里一起朝楼梯跑去。他虽然一路跌跌撞撞，但毫无怨言。

他们两步并作一步，爬上了楼梯。月光从黄色的染色玻璃窗外投进来。这道楼梯是个“死胡同”，他们很快就会无路可走，但波比只能先解决眼前的问题。

突然间，牧师埃弗里颤抖起来。

“别害怕，”波比说道，“会没事的。”也许会没事吧，她想着。

牧师埃弗里突然挣脱了她，跪在地上。

“现在不能停下，我们得接着爬上去！”波比说道，“它们就在我们身后，而且你——”她眯起眼仔细端详着微光中的牧师埃弗里，“你还好吗？你看起来……脸色有点儿发青……”

牧师埃弗里把头猛地抬了起来。他的皮肤呈现出斑驳的绿色，他的眼中也闪烁着不自然的红光。牧师埃弗里发出一声非人的吼声，朝波比扑了过来。

波比向后一跃。在惊恐中，她做了当时唯一能想到的：她敲碎了身旁的有色玻璃窗，从窗口钻入了夜色之中。

她只向下坠落了一小段距离，就落在了神庙的石头边沿上，这里离地面还很远。她顺着边沿爬行，试着不往下看，想在自己和那些不死的追击者之间拉开一段距离。

牧师埃弗里口吐白沫，站在打破的玻璃窗前发出不满的吼叫。

波比顿了一下，她从小就认识这位牧师。她还记得他在她擦破膝盖的时候给她的治疗药水；她想起了当游荡的冒险者留给他刚好可以用来制造新东西的原料时，他脸上不那么古怪的表情。

那个人已经不在了。他一定是在被围住时让一只僵尸咬了，而转变成僵尸只需要几秒的时间。

她朝天上望去。暴雨已经停了，云飘向了平原。现在她已经能看到东方低垂的月亮。这意味着时间还早，僵尸们还可以在小镇里横行好几个小时，然后太阳才能把它们赶走。

片刻之间，波比也想过留在神庙的屋顶上，远离僵尸的视线，远离纷扰，远离危险。

接着，她听到了木头碎裂的声音，然后是慌乱的哼哼声和充满饥渴的吼声。

僵尸们闯入了另一栋建筑，它们攻击了更多的邻居！

而她的弟弟仍然下落不明。

波比知道自己不能继续躲下去了，她得行动起来。

她快步沿着屋顶跑到神庙的另一侧，确认了下面没有等着她的僵尸后，滑到了地上。从那么高的地方落下来有点儿疼，但是她可以承受这一点疼痛。

她知道自己不可能毫发无损地度过今晚。

隔壁是铁匠铺，那是她曾看到铁匠制剑的地方。她悄悄地来到露天工作台前，时刻警惕着。波比从窗口望进去，发现里面是空的。她盼望铁匠平安无事，但她想起了他在开始下雨时似乎很不愿意回到屋里。可能在波比敲响警钟前，他就已经被僵尸抓住了。

铁砧上放着一把崭新的铁剑，看来她的运气还不错。

手握武器的波比蹲下并躲在工作台的栏杆旁。平原镇现在一片混乱。制箭师的屋子着了火，让整个小镇笼罩在刺眼又怪异的光芒中。

家！波比伸长了脖子，但她从这里几乎看不到自己的家。她绕到了铁匠铺后面，沿着小镇边缘，紧贴着建筑前行着。

她的家没有后门，但从正面进去实在太危险了，所以她便用剑开出了一条路。这不是这把剑的最好用途，但至少它还够新够锋利，可以用一段时间。

进到屋里，她最担心的事还是发生了。屋里一片狼藉：家具翻倒在地，墙上的画也掉了下来，大门也只剩下一堆木屑。

她的父母无处可寻，也许他们逃走了，也许他们……

波比听到一声从外面传来的叫喊声，她跑到空空如也的门廊下，发现发出喊声的是小镇的制图师黑文，他正颤抖着站在外面的草地上，几只僵尸正在靠近他。

波比马上行动起来，越过了门廊的栏杆，跑向她的邻居。她把几只僵尸逼退，之后抓住制图师黑文的手臂，把他从攻击者们的手中解救了出来。

波比带着黑文走向屋子，但是他有其他的想法。他将波比拽向另一边，用手比划着，让她往另一个方向走。

“你要去哪儿？”波比问道，“它们占领了整个小镇。”

黑文急匆匆地哼哼呀呀纠正着。

“幸存者？”波比说道，“聚集在图书馆里？”她的心里燃起了希望。但图书馆在小镇的另一边。“走这边，”波比嘶哑地说着，把黑文拉到两栋建筑之间月光照不到的地方。“我们得小心一点儿！否则会把这些东西引到其他人那里。”波比带着黑文沿着一条蜿蜒曲折的路穿过了小镇，他们一路上一直处于阴影之中，附近有脚步声时就停下。当他们来到图书馆时，看到建筑的铁门把入侵的不死生物挡在了外面。那扇铁门是波比安装的，是为了保护图书馆，不让约翰尼来捣乱。她看到铁门边有一块可以打开门的压力板。但他们要击败几只挡在面前的僵尸才能到达那里，在经历过牧师埃弗里那件事之后，她感觉带着制图师穿过这群食尸鬼的包围太危险了。

“我有另一个点子，”波比轻声说着，拿出了剑，“掩护我。”

波比来到图书馆后面，挥砍出了一条路进入了图书馆。一群居民正蜷缩在里面，看到波比在他们的庇护所上挖出了个洞，马上开始高声表达不满。但有一个声音比其他的都要高昂，那是一个孩子咯咯的笑声。

“约翰尼！”波比喊道，然后跑向了她的弟弟，把他抱进怀里，“你没事吧？我们的父母在这里吗？”约翰尼悲伤地轻声说着什么。

“我们会找到他们的。”波比保证道。

在波比身后，黑文也从墙上的洞中走了过来，然后愤怒地指着那个洞，叫嚷着想引起波比的注意。

“我知道。”波比说着，放下了约翰尼，走向那个洞，然后把它用橡木方块堵上了。

“这样应该就行了。”她边说边扫视着惊恐的居民们，发现只剩下几个人了。“所有人……都在这里了吗？”她问道。

农夫布里亚悲伤地嘟囔着，另一位居民把一把镐放在了波比手中。

“你想让我干什么？”波比问道。“挖出一条通往小镇外面的隧道？”她摇了摇头，“我们在这里会更安全。我觉得那些东西破坏不了这一道铁门，而且，外面可能还有其他的幸存者，我们不能直接扔下他们不管。”

就在此时，居民们突然喧闹起来，和波比争吵着，也互相争吵着，每个人都想说出自己的想法，选择最好的办法。

“够了！”波比说着也加入了这场喧闹。她呼吁所有人安静下来，但没人听她说话。

当门外有拳头击打在铁门上时，居民们终于安静了下来。非人的吼声让他们马上明白了门外有什么。砸门的声音继续响着。

“它们闯不进来的，”波比继续说着，“我……我很确定。”她看向自己的弟弟，又看了看手上的工具：“如果要挖的话，我可以挖出一个地下室，让我们和它们之间多一层防护。”

门外拳头继续无休无止、不知疲倦地砸门，波比将镐插进地面，开始挖掘起来。她估计会在图书馆下面挖到几层结实的泥土和石头，也许下面还会有煤，甚至铁。

“那是什么？”她边问边探出身子仔细看。但她还来不及看清楚，一个黑乎乎的东西就从洞里快速地飞了出来，并撞到波比的脸上，这让她眼前一片漆黑，摔倒在地上。图书馆里顿时一片混乱，居民们尖叫哭喊着，手忙脚乱地想要逃离。

“是只蝙蝠，”波比说道，试着让他们在混乱中听到自己的声音，“只是一只蝙蝠！”

但现在想要让人群安静下来还是太晚了。农夫布里亚竭尽全力逃离时，在惊恐中踩下了可打开铁门的压力板。这是个不幸的错误。布里亚还没跨出铁门，一只僵尸就冲了过来。

“不！”波比喊道，三步就来到了铁门前。她掏出镐，将僵尸击退，让它远离农夫布里亚，把铁门关上，把僵尸堵在了外面。

同时这也把他们和被感染的农夫布里亚一起困在了里面。

“退后！”波比说道，然后举起了镐。但她的手在颤抖，她不想把这个武器用在自己的邻居身上。

农夫布里亚双眼通红，毫不犹豫地朝波比扑来。她知道自己完了。

但约翰尼也在那里。那个可怜又可爱的小宝贝约翰尼，那个天不怕地不怕的约翰尼，跳到了波比和农夫布里亚之间。

波比喊叫着让他退后，但约翰尼从来都不会听她的。

本该扑向波比的农夫布里亚转而扑向了她的弟弟。

波比反应很快，将约翰尼从僵尸的手里拉了出来。她把约翰尼从危险中带到了图书馆的书架间，然后把他抱在怀里，来回摇晃。

“会没事的。”她保证着。她想她说的也许是真的。

直到约翰尼的眼睛变红。

第八章

波比仿佛在做噩梦。这一切都不是真的，这是她心里唯一能接受的解释。

但她的身体知道事实并非如此。当约翰尼扑向她时，她下意识地向后跳开了。

约翰尼完全没有要放弃的迹象，他磨了磨牙，挥舞着双臂。

“约翰尼，是我！”她边说边一步步往后退，让自己不被他碰到，“你不会伤害我的，我是你姐姐。”

约翰尼跳了起来，波比做了她唯一能想到的事。

她在他们之间放置了几块木头，快速地搭建一根橡木柱。约翰尼已经跳到半空中，无法改变方向，直直地撞了上去，然后落在了地上。趁着弟弟精神恍惚，波比马上在周围放置了更多的木头，把他围住。

“约翰尼，这就像我们以前搭的城堡一样，”波比让自己的声音保持平静和轻柔，“你还记得吗？”

约翰尼只是发出吼声。波比在搭建的围栏里看到他秃秃的头顶。围栏上面是敞开的，但不管怎么试，约翰尼都跳不到那么高，跳不出来。

现在约翰尼无法继续攻击她了，波比终于有时间缓一口气。她转过身查看邻居们的情况。

但此时布里亚感染的僵尸病毒已经在人群中蔓延开来，所有幸存者都被感染转化了。它们站在铁门前，想要逃进夜色之中。

波比蹲在两个长长的书架之间，悲伤与无助像汹涌的河水般冲击着她，她感觉自己快要被淹没了。

但她不能向绝望屈服，至少她要先保证自己的安全。她封住了两侧的走廊，让两边的书架成为两面墙，搭建起一个由书架和木头构成的临时避难室。她用最后几块木头建造了一个低矮的屋顶，把自己完全封在里面。这里空间狭小，在点亮了一支火把之后显得不那么可怕了。她几乎听不到外面透过墙传来的邻居们无意识的吼声。

但这只是无意义的自我安慰罢了。

波比瘫坐在地上，虽然活着，但已经被击垮了。她捂住了耳朵，闭上了双眼，希望睡意可以征服自己。

但她完全睡不着。

这是一个漫长的夜晚。

第九章

阳光照进图书馆时波比还处在恍惚之中。

光照让她瞬间清醒了过来。虽然她不那么了解僵尸，但任何人都知道僵尸在阳光下不能存活。

她的弟弟现在也是一只僵尸。虽然很荒谬，但事实就是这样。

波比毫不在意可能会遇到的危险，她从临时避难室向外砍出了一条路。

居民们都不见了，要么他们终于成功地打开了铁门，要么他们从地面的洞里逃走了。波比马上堵住了那个洞，害怕会有不死生物从下面出现抓住她的脚。

现在，她唯一的心思是担心一只不死生物——约翰尼被困在木头围栏里，至少他现在很安全，不会接触到阳光。他不断地寻找逃离这个大“牢笼”的办法，她能隐约地看到他绿色的头顶正毫无倦意地不断顺时针旋转着。

把他留在那里有点儿不近人情。于是波比挡住了窗户，移过来一盏灯笼，这样它的光亮可以弥补缺失的阳光，然后她切掉了围栏的一边。

他马上朝她扑了过来。

波比躲过了这一扑，迅速把他塞回围栏里，然后重新把围栏封好。

“好吧，是我的错，”波比说道，她呼吸急促，双腿也在颤抖，“我早该料到会这样的。”

约翰尼待在“牢笼”里，激动地吼叫着。

“你只是饿了，对吗？”波比说道，“我明白的，或许吧，但你不能吃掉我。”

约翰尼继续吼叫着。

“对不起。但这是我的底线！也许这会让你觉得我是个坏姐姐，但随便你。”她叹了口气，“我肯定能给你找到一些……除了我以外的东西吃。”

波比走进阳光中。周遭的一切都很平静，一时间让她以为昨天发生的一切只是一场噩梦。她转向小镇中心的方向，那里是邻居们曾经的聚集地，可现在没有一个人。戈阿利耶破碎的残骸散落在附近的土地上。她曾经的护卫者现在只留下了四块铁锭和一朵虞美人。昨晚的大火燃尽了，留下了几座建筑的残垣断壁。剩下的建筑的门都被破坏了。看起来没有其他人在僵尸的怒火中幸存下来。

但也许她还能拯救弟弟。

在波比看来，这只是个教育问题。

她在约翰尼出生之后教会了他很多东西：她教会了他不要拽她的头发；她教会了他分享自己的玩具，不要跳到有人的床上；她甚至已经开始教他辨识各种颜色。

所以教会他不要吃掉自己应该不难，她这么想着。

她首先准备了一个简单的测试，在图书馆的一个角落放了一块多汁的牛排，又在另一个角落放了一块刚烤好的饼干。她打开了围着约翰尼的围栏，然后在他反应过来之前跑到了第三个角落里。

然后她便等待着。约翰尼会选择甜食吗？还是说他会选择牛排？

她没那么走运。约翰尼晃晃悠悠地径直朝她走过来，伸出双臂，好像要给她一个拥抱。不过，他接近波比之后，就突然朝她冲过来，牙齿咯咯作响。

波比对此有所准备。她把一只铁靴子穿在一只手上，虽然这看起来很滑稽，也让她不能捡起任何东西，但至少可以提供一些防护。就在约翰尼冲过来时，她举起手臂，用铁靴子挡住了他的攻击。他咬在了铁靴子上，没有给波比造成任何伤害。

“坏孩子，”她说道，“攻击我不会让你得到食物的。你难道不想要一块软软的、甜甜的饼干吗？看它是多么毫无防备！”

约翰尼边吼边嘟囔，这让她的铁靴子沾满了口水。

“还有，嘴里有东西的时候不要说话！”

过了几天，持续不断的吼声让波比头疼起来，这让她想起了约翰尼曾经整夜整夜哭的时候。要是有什么能让他安静下来的方法就好了。

但是什么能让僵尸安静下来呢？

她试过了所有能找到的东西——蜜脾、一根甘蔗，甚至是一颗绿宝石，虽然这可能会让约翰尼噎住，如果他还需要呼吸的话。

不管是什么东西，他都马上从嘴里吐了出来。

后来有一天，她看到他在啃咬一根惨白的骨头。

“你从哪里找到这个的？”她问道，然后想伸手把它从他手里拿走。他转到一边，躲开了她的手，边吼边紧紧握着骨头。

“哦，好吧，”波比看着自己的弟弟像吃糖一样啃咬着那根骨头，“虽然这看起来很可怕，但至少你安静下来了。”

约翰尼开心地流着口水。

现在有了可以让他安静下来的东西。约翰尼在波比身边变得不那么有攻击性了，她在考虑能不能让他经常从围栏里出来。

首先，她要测试一下他的自我保护意识。于是，一天早上，她打开了图书馆的铁门，把约翰尼最爱的骨头扔到了外面。

约翰尼跟着骨头出了门，走到了耀眼的阳光中。

一瞬间，他身上就燃起了火！

波比马上把准备好的一桶水浇在弟弟身上，然后把他拉回了图书馆。

略有烧伤又浑身湿透的约翰尼可怜地低吼着。

“这是为了你好，”波比说着，把一根绳的一端套在了他身上，又将绳的另一端绑在了她插在图书馆地上的一根柱子上，“这只是在你知道怎么保证自己安全之前采取的办法。”约翰尼拖着绳子，就算外面有明显的阳光，他也一心想拿回自己的骨头。

波比叹了口气：“直觉告诉我，你可能要被拴很久。”

被拴住的约翰尼可以更加自由地探索图书馆了。波比在他的触及范围之外看着他。现在他可以四处行动了，他会做什么呢？他会捡起一本自己曾经爱看的书吗？他会去附魔台上玩耍，还是会试着爬上书架？

约翰尼没做这些事，而是把离他最近的墙上的火把打掉了。

“嘿！”波比说道，“不行！”

约翰尼吼了一声。很显然，他更喜欢黑暗。

“好吧，不过我们得能看清周围，”波比说着，往身边插了一支新的火把，“否则你就会悄悄接近我。”

约翰尼嘟囔着，亲切地眨了眨红色的眼睛，然后伸出双臂似乎想要拥抱她。

“噢——”波比说着，靠近了他一些。

约翰尼向前一冲，想咬住她，但她刚好在他的触及范围之外，同时绳子拉住了他。约翰尼的牙齿只咬到了空气，没有伤害到她。

波比叹了口气，然后俯身拍了拍他的头。“我们继续努力吧！”她说道。

第十章

本小心翼翼地接近小镇。

小镇里荒无人烟。从远处可以看得出来。空荡的窗口上结着蜘蛛网，漆黑的建筑上挂着藤蔓，一段老旧失修的栅栏早已支离破碎，这让曾经在里面的动物重获自由。有些建筑被烧得只剩下了破败的地基。

但是“荒无人烟”只意味着没有人住在这里。之前，本和洛根在空建筑里遇到过各种各样的怪物——僵尸、骷髅、苦力怕，还有更可怕的生物。而且没有洛根带路，本很容易陷入不知所措的境地。

因此本非常慎重。他先来到了田地中，这里生长着大量作物。他几乎不敢相信自己的运气，这里的宝藏足以让他生活一段时间。如果小镇中的箱子里装满了战利品，农田里也长满了食物，他很快就能获得充足的补给。

他用武器切开了一个西瓜，那是一把他用石头做的简易剑。他拿起一块西瓜，大口地吃下。他很久没吃到新鲜的食物了。他擦掉了剑上的汁水，然后将几片西瓜放进了背包里，手上拿了一块，边走边吃。

他检查的第一栋房子里没有任何危险。这很容易就能看出来，因为这栋房子没有门。本走进去，看到了一个箱子，先检查了四周有没有陷阱，然后打开了它。

里面是空的。

“混球儿。”他骂道。他可不期望看到一个空箱子。但还有很多房子要检查，他一时也没什么地方要去。

进入了三栋房子之后，他开始有些灰心了。很明显，已经有人拿走了这里曾有的宝物。

此时，本已经不确定自己能否找到战利品了。但他在小镇里东张西望时，却不断有什么激发着他的好奇心。

在小镇中心，四棵树苗不自然地靠在一起，就像是有人故意把它们这样种下的一样。

旁边，一株虞美人孤零零地生长着，看起来脆弱又格格不入，为绿色和棕色的土地增添了一抹亮红。

然后，在小镇的另一边，有一座装着铁门的建筑。本试着从门上的小口朝里看，但里面一片漆黑。

如果这个小镇里有什么有价值的东西，那肯定就在这里。

他把脚抬到控制铁门的压力板上方。

然后他犹豫了。

“这是个坏主意吗？”他说道，“这肯定不是个好主意，对吧？”

他再次看向铁门，对门后隐藏的秘密感到好奇。

“啊，混球儿。好奇心，这次你又赢了。”他说着，将脚放在了压力板上。

旋开的门通向一个漆黑的房间。本走了进去，然后在门边插上了一支火把。现在他看清楚了，这是一座图书馆，或者曾经是。这个地方已经凌乱不堪，书架上几乎空空如也，窗前堆放着泥土方块，四处还散落着几块橡木。这里曾经发生过什么呢？

他听到房间深处传来了脚步声。

“有人吗？”本问道。里面肯定有人，他能看到几排空书架的另一头有动静。

“我只是个普通的冒险者，”本说道，“不用躲起来，”他往前走了一步，然后被一堆书绊了一下，“你是因为这里太乱了感到不好意思吗？我不是很挑剔，你可以看看我的背包里乱成什么样。”

他得到的回应是一声低沉的、充满威胁的吼声。

好吧，本想着。其实不是“什么人”，而是什么动物吗？

“过来吧，小猫咪，”他边说边缓缓向前，“你不是在守护这里的什么珍贵宝藏吧？”

就在本来到书架边，能毫无阻挡地看清前方时，他知道自己犯下了一个严重的错误。

“僵尸！”他喊道，然后跌跌撞撞地往后退了一步，勉强躲过了怪物朝他伸过来的双手。

本感到非常惊讶，以至于忘记了拿出武器。他一心想逃走，连滚带爬地往后退，又试着重新站起来。僵尸再次冲过来，眼中闪烁着红光。本缩了一下身子，闭上了眼睛，准备承受这次攻击。

但是什么都没有发生。

本慢慢地、谨慎地睁开了双眼。僵尸的身体挡在他前面，它正想抓住他，但不知为何被困住了。它碰不到他。

本站起来，然后发现自己比攻击者要高出许多。“作为僵尸，你是不是有点儿矮？”他问道。现在本看到它被拴在了一根柱子上。他无法理解这件事，莫非是它自己不小心把自己缠住了？

僵尸吼叫着，无可奈何地在空中挥舞着手臂。

本笑了：“你就像……一只僵尸宝宝，对吗？真可爱。”说完，他掏出了剑。

“其实，我有点儿过意不去。”

“嗷呜！”僵尸吼叫着，磨着牙想要咬他。

“看吧？你明白了，”本说道，“我们俩就是死敌，不是你死，就是我亡。”他举起了剑，准备杀死面前的僵尸。

“停下！”一个喊声传来，本放下了手中的剑。一个女孩站在打开的铁门前，穿着朴素，戴着铁头盔，套着铁靴子。她手上拿着弓，箭已经搭在弦上，但她的双手在发抖。

“别担心，”本用自认为让人安心的语气说着，“你很安全，我会解决这只怪物。”他再一次举起了剑——突然间，一支箭插进了他的胸甲。

一瞬间，周围突然安静下来，就像时间停止了一样。本朝下看向那支箭，然后看向女孩，她看起来和他一样惊慌。就连那只僵尸都停下来静静地看着受伤的本。

“哎哟！”他终于开口，“你射中我了！”

“我——很抱歉。”女孩说道。

“我不敢相信你会这么做，”本说道，“真疼！”

“真的，非常抱歉，”女孩说道，“但是，我确实客气地让你停下过……”

“没那么客气，”本反驳道。他把箭从胸甲里拔出来。箭穿透了胸甲，只划伤了他的皮肤。“我以为我在帮你。”

“攻击我的弟弟是帮我？”

“那不是你的弟弟，那是——”他用手指着约翰尼，“一只僵尸。”

那只僵尸试着去咬本伸出的手，本认为这恰好印证了他的话。

“他是我弟弟，”女孩说道，“也是一只僵尸。”她叹了口气，“把剑收起来，我就会把一切都告诉你。”

第十一章

女孩——波比确实告诉了他一切。

“我很抱歉，”本说道，“像那样失去整个小镇，我……我无法想象那是什么感觉。”他确实也无法想象。本从来都没在一个地方待过很久，他很难想象有邻居、有家庭是什么样的感觉，更想象不出在一场僵尸围城浩劫中失去这一切是什么感觉。

“感觉很糟，”波比告诉他，“非常糟。”

本在一片沉寂中觉得无所适从，他试着说些什么——一些可以缓和气氛的话。

“不过，”他勉强挤出一丝笑容，“这次你至少得到了一栋不错的房子。”

在整个小镇中，波比选择待在高耸的图书馆中。图书馆由石头建成，比其他建筑都要高出许多，这让它看起来更像是一个要塞，而不是一栋房子。本发现了这个优点。

而且，从美观性上讲，这也是一处迷人的地方——它又大又对称，有高高的屋顶和染色玻璃窗，四处还挂满了各色的旗帜。

不过里面就很乱了。波比把书堆得到处都是，图书馆里不见了的那些书都在这里。这里还四处散落着药水，还有一瓶刚刚做好的，正在炼药台上冒着泡。这瓶药水闻起来有点儿不对劲。

波比皱着眉对他说："如果你想让我往好的方向想，那还是别了。"她双臂交叉，接着说："没有什么好的方向。约翰尼这些天来已经不是本来的样子了，我认识的其他人也都不在了。他们被僵尸咬了，然后就消失得无影无踪。"

"也许他们在太阳升起之后都被烧光了。"本说道，然后便看到她的眉头皱得更紧了。"呃，"他补充道，"我觉得这个过程……很快，但应该不痛苦。"

本捡起了离他最近的一本书翻起来，里面记满了配方。当他发现沉默太久时，抬起了头，看到波比正聚精会神地看着他。"所以你来这里做什么？"她问道，语气中透露出一丝猜疑。

"没什么特别的事，"本耸了耸肩，"和平常一样。"

"和平常一样，"波比重复着，"攻击那些毫无威胁的孩子吗？"

"可不是毫无威胁，"本揉着酸痛的胸口反驳道，"你们两个都不是。"

“约翰尼可是被拴在柱子上了。”

“那我可能有一些偏见吧！”本反驳道，“你看，我是一位英雄，一位冒险者！我所做的基本就是这些。”

他昂首挺胸，让自己看起来像是那么一回事。“这就意味着，无论何时何地，只要我遇到怪物，就会和它们战斗。当我发现一个小镇时，不管那里是否有人居住，我都会进去。你也知道，补充物资。”

“也就是去掠夺，对吧？”波比生气地说道，“我知道你们这种人。你们觉得居民们就……就只是一群快乐的傻瓜，可以让你们过得更加轻松，让你们的冒险故事更加精彩。”她皱起了眉。

“但是，我们的生活也很重要。而且你知道吗，我们也有很多新奇的故事。有一次，一只狐狸追逐着一只兔子穿过了小镇中心。”

本等待着，以为故事还没结束。当他没有听到更多内容后，他便问道：“然后呢……？”

“然后，”波比慌张地说，“兔子跑远了。我觉得是这样，我希望是这样。”

本嘲笑着说：“狐狸的运气太差了。你知道吗，有一次我从五十步之外射中了一只兔子。”

“什么？！你为什么要这么做？”

“因为我要生存下去，”本用他希望显得沉重一些的语气回答道，“在外面，我所做的一切都是为了生存。比起成为兔子，我更愿意成为狐狸。”

“有趣，但是我觉得你更像一头驴。”波比说道，“听着，我不知道‘外面’是什么样的，但是我知道这里是一个安宁的地方，人们都很善良，所有的人都在做自己的事。”她把怒火都发泄了出来，“我们值得被更好地对待，而不是被视若无物。”

本突然间感到有些愧疚，双眼盯着地面。“他们很重要，”他说道，“他们当然很重要。我可以告诉你一件事，这个小镇的西瓜是我吃过的所有西瓜中最好吃的。”

波比抽了一下肩膀：“你吃了我们的西瓜？你这人怎么回事！”

“嘿，别急！”他说着，蹲下躲避她的一击时，不小心把记有配方的书从桌子上碰到了地上，“这可是一句称赞。”

“好吧，如果我能做到的话，我会转告农夫布里亚的。”波比说道，“你在拿其他东西之前记得问问，好吗？”

他把那本书从地上捡起来，放回桌子上。“你在读什么？这些看起来像配方。”

“药水配方，”波比纠正了他，“哦！我想起来了。”她快步走到炼药台前，将冒着泡的瓶子拿下来，然后偷偷闻了闻。“嗯，你想尝尝这个吗？”

“我不想。”本答道。他在远处就闻到了，味道并不好。

“是啊，这看起来不对劲，”波比说着，将瓶子放在其他十几个失败的作品旁边，“我并没有这方面的天赋，但是我一定要找到解药。”

“真棒！”本说道，“解药……是用来治肚子疼的吗？还是治疗脚疼的？”

波比翻了个白眼：“是给我弟弟的解药，大聪明。”

“你在找僵尸化的解药？”

“没有这种解药。”波比说道，“但……我确实在寻找。”她叹了口气。“这也是我住在这里的原因，并不是因为这里是什么‘甜蜜的家’。我们的牧师曾住在这里，他曾经在这方面很有天赋。我觉得我只是，我也不知道……也许是想获取一些他以前的古老魔法吧。”

“这并不奇怪，”本说道，“牧师们都很擅长制作药水。”他闻了闻身边的瓶子，然后马上缩了回去。“大概是看着简单，做起来难。”

“你认识其他牧师吗？”波比问道。

“确实认识。我的意思是，我跟他们不是可以直呼名字的那种交情。”他耸耸肩。“有一位不错的牧师就在隔壁的稀树原镇，应该是这个名字。我和洛根之前卖给过他一些腐肉。你说，”他说道，“这里面缺少的原料会不会是腐肉？不过它已经够难闻了……”

“有一位牧师？就在很近的地方？你知道他在哪儿吗？”波比往前跳向本，本往后躲着，正等着再被打一下。不过这次，她抱住了他：“谢谢你！哦，太谢谢你了！”

“哦，没事，”本说道，“我只是心情有点儿复杂，但是不客气！”

她抓住他的肩膀，轻轻晃着他。她看起来有些疯癫：“那么我要怎么从这里去稀树原镇呢？”

“你上次睡觉是什么时候？上次好好吃东西是什么时候？”本询问着，“我知道一个可以弄到好吃的西瓜的地方。”

她更剧烈地摇晃他。“稀树原镇，”她说，“在哪儿？！”

“好吧，快停下！”本说着，挣脱了她。“你看，你又不能直接飞到隔壁镇去。你得考虑食物还有住所的问题，而且在外面比你想象得更容易迷路。”他摇了摇头，“更不要说还有怪物。你觉得僵尸已经很糟了吗？外面还有更糟的东西。”

“听起来我需要一位英雄来帮我，”波比似笑非笑地说，“你知道，就是那种无论何时何地，只要遇到怪物，就会和它们战斗的人。”

本感到口干舌燥，他确实夸大了自己的本领。“确实是这样，但是，”他试着找到一个可以挽回一些尊严的借口，“我并不会去刻意寻找怪物，而且，我现在还有很多任务要完成，而且——”

“我可以给你报酬。”波比提议。

“什么，西瓜吗？”本笑起来，“它也没有那么好吃。”

“我有绿宝石，”波比说道，“英雄们都喜欢绿宝石，对吗？”

本确实喜欢绿宝石。

实际上，他非常喜欢绿宝石。

他极力隐藏这一点。洛根曾教过他，谈判成功的关键是保持冷静。

“呃……”他顿了顿，“还可以吧。”

“我还有蛋糕。”波比再次提议。

“再跟我说说关于绿宝石的事。”本用一种不太冷静的语气说着。

“好吧，它们闪闪发亮，几乎是全新的，”波比说道，“每次有英雄来到小镇，他们都会用绿宝石交换需要的补给品。但在小镇里，这些宝石没有什么用，我们基本上可以自给自足，所以把它们存在了一个安全的地方。”她笑了笑，就像已经感觉到了本的窘迫一样。“护送我到稀树原镇然后再护送我回来，那些绿宝石都将是你的。”

本做出深思熟虑的样子，拖延了好长一段时间，想掩盖自己的窘迫。“好吧，”他终于开口了，“成交。但是我们在外面的真实世界时，你得无条件听我的。”

“明白了，大英雄，”波比欢喜地说，“你是老大，你说了算。”

总是作为跟班的本听到这句话很开心。“没错，”他说，“我是老大。”他透过图书馆的玻璃窗，看到外面的阳光逐渐暗淡，叹了口气。有一扇窗户是破的，从那里可以直接看到外面午后的天空。“看起来我们明天一早就得出发了。”

“不过，约翰尼不能待在阳光下。”波比说道。

本眯起眼：“这跟他有什么关系？”

“因为他要和我们在一起，”波比回答道，“这是显而易见的。”

“你在开玩笑吗？”本问道，“那个今天还试图咬我的孩子？那个约翰尼？”

“我不能把他留在这里，”波比坚持着，“我要为他负责。”

本想反驳，但一时间哑口无言。她怎么会觉得这是个好主意？而且为什么自己要同意这件事？

“我已经后悔了，”他哀号道，“你会用绳子牵着他的，对吗？用一根很短的绳子？”

波比点点头，然后敬了个礼：“你说了算，老大。”

但是她说出这句话的方式让他怀疑起她的诚意。

突然，本觉得自己其实并不是什么老大。

第十二章

本一直警惕地盯着那只小僵尸，看着波比把他从图书馆里带出来。和约好的一样，她用绳子牵着他。在这一刻，他看起来十分温顺，咬着骨头，完全没有注意到本的存在。

“看到了吗？”她说道，“他很乖。”

“好吧，”本说道，“那你在手上套铁靴子的原因是什么？”

“这只是个预防措施，”她说，“其实他已经很少咬我了。”

“太棒了，”本说道，“他正是我所寻求的冒险伙伴，只是偶尔会想把我的脸咬掉。”

“我觉得他会先从脚趾开始。”波比说着，然后看到本慌张的神色，补充道，“我只是在开玩笑！没事的。”波比这样说着，就像她真的知道会没事一样。况且，如果他们遇到危险，她肯定也帮不上忙——一只手拉着绳子，另一只手套着铁靴子，这样肯定不行。

“听着，我从制图师的屋子里拿到了一些东西，”本说着，举起手堵住她即将脱口而出的指责，然后补充道，“我是出于需要，而且我只是借用一下这些东西来办我们的差事——我是说，完成我们的任务。”

“‘任务’听起来确实更厉害。”波比赞同道。

本举起一张地图：“这是一张定位地图，是我根据制图师屋子里的那一张复制出来的。简单来说，这张地图能让我们找到回平原镇的路，这样我们就不用担心迷路了，就算我们在地下行进时也一样。”

“地下？”波比重复着，“听起来有些危险。”

“任务都是很危险的，”本说道，“如果让我来决定，我们其实应该白天在地面上走，那时候外面的危险比较少，然后晚上扎营。但我们要考虑到你弟弟的……皮肤问题，所以我们得晚上在地面上走，白天在地下走。你带上镐了吗？”波比拿出镐给他看。“很好，不过要记住冒险的第一条规则：不要垂直向下挖。”

“为什么呢？”波比问道。

“因为，你从来都不知道脚下会有什么。你应该不想坠落很长一段距离，也肯定不想掉进熔岩里，或者掉到一只又丑又黏，还流着口水的僵尸手里。”他转身面向约翰尼，“无意冒犯。”接着转回身对着波比说，“那么，你确定把所有有价值的东西都带上了吗？”他马上纠正自己，“我的意思是有用的，有利用价值的东西。”

波比叹了口气，把镐收起来，然后检查了一下她屈指可数的随身物品。“和我之前告诉过你的一样，这个小镇里的箱子之前就已经被洗劫一空了。我觉得应该是在僵尸围城之后不久，那时我……比较忙。”

“但是你肯定有绿宝石吧。”本说道。

“哦，我的天，那当然！”她说着，拿出了一块绿宝石在本的面前晃了晃，“我们把它们藏在了一个没有人会注意的地方。我保证你会得到报酬。”

“我并不是担心这个。”本说道。他撒了个小谎，但是他其实也并不贪婪。只是如果有了那些绿宝石，他就可以得到很多不错的装备。这些装备可以让他生存下去——还可以让他虎虎生威。

他们现在的装备并不好。本和波比各有一把弓，但他们一共只有五支箭，很快就会用完。他们还各有一把剑和一把镐，但是质量都不是很好。他们很快就得换掉或者升级这些东西。本穿的铁胸甲在被波比扎了一个洞之前就已经伤痕累累了。他还缝制了一双新皮靴（这样就可以保护他的脚趾不被僵尸咬了）。除了铁靴子和那顶在月光下闪烁的铁头盔——这顶头盔看起来就没有经历过战斗，波比还穿着一身没有防护作用的衣服。约翰尼当然还穿着他那套已经破烂不堪，但曾经肯定很可爱的婴儿服。

他们必须得小心行事。就算只有一只敌对生物袭击了他们，都可能让他们大难临头。

“好吧，人终有一死，”本轻松地说道，“我们可以出发了吗？”

本还以为波比想立即出发，但她犹豫了。“等一会儿。”她终于开口了。

“先……先等我们一会儿。”

波比拽住了约翰尼的绳子，他们二人走到了小镇中心那株孤零零的虞美人边。波比单膝跪在花前。

“谢谢你救了我，”她说着，拍了拍头盔，“就算是现在，你还在保护我。我要带上你的一部分。”她转向弟弟：“你有什么想说的吗？”

“嗷呜——”约翰尼令人可怕的小眼睛茫然地盯着前方。

“他总是对你那么好。”波比说道。

本试着给他们留出一些空间来做……他不知道他们在做什么的事。他背过身，手里拿着剑，抬头看着天空中的月亮。这是一段不可多得的安宁时光。

突然他被人从身后击中。他踉跄了一下，勉强站住了。这一下打得他很疼。

“你这是干什么？”他猛地转过身喊道。

波比的目光从虞美人移向本。在头盔的遮挡下，她暗暗抹掉了一滴眼泪。约翰尼装出一副天真无邪的样子。

“怎么了？”波比问道。

“你的‘宠物僵尸’刚才攻击了我！”

约翰尼歪着头，好像很疑惑的样子。“嗷？”他说。

“他没有，”波比反驳道，“我一直都用绳子牵着他。”

“好吧，记得牵紧一点儿！”本边说边揉着疼痛的后背，“如果我每次转过身，他都要咬我一口，那我们可走不了多远——小心！”

本的警告来得太晚了。一只奇怪的生物已经从天而降，它长着巨大而残破的双翼、诡异的绿色眼睛，身上布满裸露的骨架。它从后面攻击了波比，然后在他们都还没反应过来时，又向上猛冲到了空中。

“哎哟！”波比说道，“那是只大蝙蝠吗？”

“比蝙蝠更糟，”本说着，把剑举到了自己面前，“那是幻翼。”本看向天空，他能数出至少有五只幻翼正在他们的头顶盘旋。“你上次在晚上入睡是什么时候？”

“我不知道，”波比回答，“毕竟，我的弟弟昼伏夜出，而且我一心扑在研究解药上，已经有点儿没有时间概念了。”

本解释道：“这些东西可以感知到你的疲惫，它们会在你脆弱的时候乘虚而入。”一只幻翼俯冲下来，朝他发起攻击，但他往旁边一闪，避开了它。“我真‘幸运’，现在碰到了它们，但它们并不在意要攻击谁！”

“哎哟！”波比再次喊道，松开了牵约翰尼的拴绳。

哦，真是太好了，本这么想着。现在他们不光要面对幻翼，还要应付一只他不可以消灭的僵尸。

但约翰尼可以自由行动之后，却朝幻翼扑了过去——就是刚刚攻击了他姐姐的那一只。他狠狠地咬住了它，那只幻翼拼命地扇着翅膀，逃窜回空中。

僵尸真的在保护她吗？本从来没有见过这样的事。

不过，也许约翰尼只是冲向了离他最近的活物。“能不能请你牵好那根拴绳？”本抱怨道，“我们得离开这里，而且要尽快。”他勉强躲过了另一只幻翼。

“这里有太多幻翼了，我们得往下挖！”

“但是你说过不要这样做！”波比说道。

“为什么现在开始听我的了？挖，快挖！”

本击打着脚下的泥土。突然间，他脚下的地面消失了，他很快下坠，落入了一片空旷的空间。他张开嘴想大喊，然后就双脚着地了。

“哦，”他说，“其实这还没有那么糟。”波比歪倒在他身边；约翰尼被拴绳拉住，落在她的头顶上。在约翰尼缓过神来之前，本把波比从约翰尼身下拉了出来。

“我们摆脱幻翼了吗？”波比问道，掸了掸身上的尘土。

“我不觉得它们会跟着我们来到地下，”本回答道，“不过为了以防万一……”他跳起来，用泥土堵住了洞口。现在幻翼肯定碰不到他们了。本仔细确认了波比有没有好好握住牵约翰尼的拴绳，然后打量了一下周围。

他们落进了一个隧道。这里的地面和墙壁由圆石搭建，天花板则是泥土的，隧道有五格宽、六格高——有足够大的活动空间，但并不宽敞。东侧的墙上以固定的间隔插着火把，地面上铺设着铁轨。

“有人搭建了这里，而且我觉得是最近搭建的。”本说道，他转向波比，“我曾经看到过其他矿道，但那些矿道年久失修，而且里面都是——”他耸了耸肩，接着说：“蜘蛛。这个矿道不是全新的，就是受到了妥善的维护。你的小镇里有矿工吗？”

她摇摇头。“没有，没有人会去地下。如果有，我肯定会发现的。”她摸着下巴，“不过这确实很奇怪。我在僵尸围城时确实注意到一道从地下射出的光。在那一切发生之后，我差点儿就忘记了。但是这个隧道一定就是我看到的那道光的源头，它肯定经过图书馆下面了。”

“而且还通向更远的地方。”本朝隧道两端望去，它在视线所及范围内，一直往两端笔直地延伸着。“好吧，或许我们能用上它。我们应该往……这边走。”本说着，朝北方指了指。但当他转过身面向波比时，他看到她的目光落在了上方——有什么在促使她留在这里。

“很抱歉，打断了你的告别。”本说道。

“没关系，”波比强颜欢笑道，“我们很快就会回来的，不是吗？只是要先完成这个任务。”

“只要一转眼的工夫，我们就能回来。”本保证道，尽力不从声音中暴露自己的疑虑。

第十三章

“这不是永别。”波比跟着本沿着诡异的地下通道行进时，这么对自己说。

她即将远离自己的小镇，那是她的家。而且，因为在地下，她根本不知道走了多远。如果她现在在地面上，她还能看到牧师埃弗里的神庙高耸在平原上吗？还是说，他们已经走出了平原，来到了森林下面，甚至是遥远的山脉中？波比毫无头绪。但她向自己保证要回到那里，只要治好弟弟就回去。

约翰尼被她拉着，一会儿咯咯叫，一会儿低吼。她得让他待在离自己很近的地方，但又不能离得太近，这很累人。不过她可不放心把拴绳交给本，毕竟管好约翰尼是她的责任。

“好的，等一下，”本说着，停下来看起了地图，“如果我们继续朝这个方向走，就会超过我们的目的地。我们得转向东方。不过如果我们不先休息一下，还是会遭遇幻翼。你应该带了一张床吧？”

波比放下了她的床，把它摆放在了插着火把的墙下面。这里有光亮让她很开心，但也让她很疑惑。这支火把肯定是某个人放的，就像那些铁轨也是某个人铺设的一样。

“我不明白，”波比说道，“你不好奇这条铁轨通向哪里吗？还有是谁建造了它？它肯定有什么意义。”

“我并不是不好奇，”本说着，把他的床放到了隧道的更远处，“但是主世界里充满了奇怪的东西。我曾看到过废弃的矿道、荒废的神庙，肯定有人出于某种理由建造了这些，但其中的理由无人知晓。”他在床上坐下，没有脱下盔甲。“你可以浪费脑力猜测这些，也可以把心思放在学会如何生存。我很建议你做第二件事，因为生存不下去听起来真的很差劲。”

“宁可无知地活，也不要清醒地死。”波比说道，“我明白了。这是第二堂课吗？”

“我不是这个意思。”本气呼呼地说。“我只是说，要在外面活下去，你得知道一些东西。但是知道建造这条铁轨的意义不属于此。”他伸手指向比她的床更远，离他坐的位置有一段距离的地方，“在那边插一根柱，把你的弟弟拴在那里，然后睡一会儿吧。明天就算不用再担心幻翼的问题，也肯定会很艰难。”

波比以为自己会难以入睡，但事实恰恰相反。就在她躺下的那一刻——甚至在她摘掉头盔之前——她就陷入了无梦的沉睡。本朝她扔了一枚鸡蛋，叫醒了她。波比觉得这简直是教科书式的粗鲁的唤醒方式。“认真的吗？”她说道，“你就不能轻轻地摇一下我的肩膀，或者用其他什么方式吗？”

“我接近不了你！”本站在不远处辩解道，并用手指着约翰尼。约翰尼正机警地站在床边，身边有好几支他从墙上敲下来的火把。“他不让我接近你。”本解释道。

“好宝宝，”波比说着，拍了拍约翰尼的头，“你整晚都在保护我吗？你不用睡觉吗？”

“我去上面侦察了一下，”本说道，“我们快到通往稀树原镇的那条路了。”

波比对此感到惊讶。“你就这样把我们丢在这下面了？”她问道。

“确实是这样，”本说道，“你看起来需要好好睡一觉，而且那边还有个‘好宝宝’一直在站岗。”

波比揉了揉胳膊，突然感到一阵寒意。“我觉得我们不应该分开行动，”她说道，“如果我醒来，发现你不在了……”

这句话似乎触动了本的心弦。他的目光变得柔和，说话的口气也反常地一本正经起来。“嘿，我不会就这样把你们丢下的，我保证。”他揉了揉后脑勺儿，“不过你说得对，我们应该一起行动。而且我找到了一些或许有用的东西，只是……你可能要看开一点……”

本突然有些犹豫，这让波比深感疑惑。“接着说。”她说。

接下来的事让她大吃一惊，本从背包里拿出了一个雕刻过的南瓜。他用双手托起它，笑了笑，说：“你觉得怎么样？它的尺寸适合约翰尼吗？”

第十四章

本觉得这个雕刻南瓜带来了不少好处。“承认吧，”他对波比说道，“这很适合他！”

波比皱起了眉，“他明白你在笑话他。”

约翰尼咯咯叫着，从本转向他的姐姐——他微微摇晃了一下。他的头完全被封进了南瓜里，这个南瓜几乎有他身体那么大，让他有些头重脚轻。

南瓜上雕刻出的笑脸甚至让这个僵尸男孩显得活泼起来。

“谁笑话他了？”本说道，“这实用又时髦，又独一无二，是一件中看又中用的饰品！”他指向东方天空升起的太阳。“还是你没发现你弟弟，这个奇特的不死生物，并没有在阳光下燃烧起来？这可是个相当不错的好处。”

波比在阳光下眨着眼。“我差点儿以为你在骗我。”

“哎呀，拜托，”本说道，“你觉得我想看到你弟弟着火吗？”

“你想让我如实回答吗？”她问道，双手叉腰，“听着，我很庆幸，这样我们就能在白天动身了。”她看着自己的弟弟抬头看着天空，差点儿向后翻倒。“我只是觉得可能有什么更……体面的方式。”

“好吧，”本说道，“我觉得你也可以把头盔给他，自己戴上南瓜。”他边说边放下了两块石头，一块在上一块在下，然后在上面插了一支点亮的火把。正当波比疑惑地看着他时，他解释道：“我喜欢在旅途中留下一些小标记。如果我们之后要找回隧道的路，这样会更好找。”

约翰尼拍了一下那支火把，把它敲了下来。

“我会试着不把这件事放在心上的。”本说道。

他们平静地走了很长一段路。天气晴朗，万里无“怪”（除了约翰尼），虽然波比觉得自己得和见到的每一只动物打个招呼，但本觉得这也没什么不好。按照现在的节奏，他们甚至可能在日落前就能到达稀树原镇。但本知道不要在蛋孵化前数会有多少个海龟——高兴得太早。所以他一直睁大眼睛，留意着远处可能出现的威胁。

“嘿，注意了，”本警告道，“有人朝这边来了。”他拿出了剑。

“真的要这样吗？”波比问道。

“冒险的第三条规则，”本说道，“用一朵向日葵是赢不了一场用剑的战斗的。”

“确实，”波比说道，“但是一朵向日葵也许可以让我们完全避免这场战斗。”

“有备无患。”本叹了口气，“而且，不是说我是老大吗？”

“关于这个，我后来又想了想。”波比说道。

“我猜你就想过了。”本抱怨道。

“所以，”波比加重了语气，“我想起来一件事，就是我会付给你报酬。这也意味着，实际上，你是在为我效力。因此，如果我们之中有一个人是老大……”

“那就是你。”本接上她的话。他停下了步伐，让她也不得不停下来。“但是你付给我报酬是让我保证你的安全。如果你阻止我这么做，我也没办法。而且——如果你不介意我说实话——”

“你最好说点儿有用的。”波比说道。

“你真是单纯到家了。”本举起一只手，阻止了要争辩的她，“我没有要侮辱你的意思。这样其实还挺有魅力的！但是正在靠近我们的人可能是一个拿着斧子的灾厄居民，也可能是一个想偷走我们东西的冒险者，或者可能是一个好战的——”

“商人赖利！”波比说道。

“好吧，”本说道，“好战的商人赖利也是个例子，也许吧。”

“不是，你这呆瓜，”波比说道，“我认识他。”她沿着铁轨跑过去，往身后喊道：“他是一个商人！有时候会经过平原镇。”

约翰尼被她拖了过去，在经过本身边时吼叫着，想要咬他。

“对，看看你从‘头盔’后面还能咬到什么，咬人精。”本用波比听不到的声音小声嘟囔着。

本收起剑，跟在他们后面，但他并不着急。在这个位置，他看到的和波比说的一样：那个陌生人看起来没有敌意，他穿着一件精致的、镶着闪亮金边的蓝色服装，还有和衣服成套的帽子和一双朴素的凉鞋。和波比一样，商人手里也握着拴绳，但是他牵着的不是他变成僵尸的弟弟，而是两只羊驼。羊驼们身披彩色的毯子，看起来愤愤不平。不过，对本来说，羊驼们看起来总像是在生闷气。

他曾不止一次遭受过羊驼唾液的洗礼，所以不是很喜欢这种动物。

在本跟过去时，波比正简单描述着平原镇所遭受的浩劫。“他们都消失了。”她说道，商人也哼哼哈哈地回复着。

“那个戴着南瓜的？那是约翰尼。你应该记得他。他只是有点儿……不太舒服……”

本可以看到波比正努力让约翰尼保持不动。

商人发出了更多的声音，波比笑起来：“他的名字叫本。他说自己是一位英雄，但是他其实更像一个佣兵。”

“等一下，”本说道，“你们能……互相理解？”他指向商人，“他只是在发出一些乱七八糟的声音啊。”

波比啧了一声，“首先，真没礼貌。其次，就算你听不懂一种语言，也不代表别人在说乱七八糟的话。”她抬起下巴，“其实对我来说，这些话听起来很有诗意。而且如果你认真听，其实理解起来并不难。”

商人赖利哼哼着，好像在赞同她——或者只是吟了两句诗。

“我相信你说的。”本说道。

波比转回去面向赖利，“他说他很高兴认识你。是的，他是个很有礼貌的佣兵。”

就在波比和赖利交谈时，本看向赖利的羊驼。它们看起来十分烦躁，正在一边跺脚一边叫着，警惕地看着约翰尼。

不过约翰尼这次却很安静。虽然他戴着南瓜，别人很难知道他在看哪里，但本好像知道什么引起了他的注意。

“唔，波比？”本提醒道。

“再等一会儿，本，”她说道，她的注意力还在商人那里，“这真不错。这个要多少钱？”

波比在背包里翻找着，一时间放松了警惕。只有一秒钟的时间——但一秒钟就够了。约翰尼挣脱了拴绳，冲向了离他最近的羊驼，羊驼惊恐地叫起来。

场面一片混乱。约翰尼在一定程度上还被“头盔”束缚着，并不能咬到羊驼们，但他还是朝它们挥舞着双臂。波比大喊着让他停下，羊驼们用大量的口水回击着，而商人赖利——在本看来很合理地——灌下了一瓶隐身药水，消失在他们的视野中了。

“别笑了，快来帮我！”波比说道。本甚至都没有意识到自己在大笑，但她说得对。在他来到她身边时，她已经重新握住了拴绳，正用力想把约翰尼从一只羊驼那里拉走。另一只羊驼跑向了山丘。

“不好意思，”本还在笑，“不过，你知道，如果我像之前说的那样，拿着剑准备，就可以更快做出反应。”

“那在这种情况下，你会去刺谁呢？”波比终于拉走了弟弟，厉声问道。

那羊驼朝约翰尼吐了最后一口口水，然后转身跑远了。

“一把剑不能解决所有问题，”波比继续说道，“它也解决不了大部分问题。”

“它能解决羊驼的态度问题。”本反驳道，“你知道吗，它们都是那样的。我的朋友洛根经常会跑到它们身边拍打它们，然后藏起来，让它们朝我吐口水。”

约翰尼终于放弃继续追逐那两只羊驼了。“听起来他是个糟糕的朋友。”波比说着，松了一口气。随着约翰尼安静下来，拴绳终于松弛下来。

“什么？不，”本说道，“那只是一个玩笑——一个小游戏。”他又笑了笑，不过这次笑得有些勉强，“我们两个人都会参与其中。”

“你说是就是吧，”波比说，不过她的注意力在别处，“约翰尼，我该拿你怎么办？来，看这个。”她从背包里拿出一个贝壳——一个鹦鹉螺壳——然后在她弟弟面前晃了晃。约翰尼无动于衷，但是它吸引了本的目光。

“你从哪里弄到这个的？”他问道。

“我刚才从赖利那里买的，”波比说道，“只花了五颗绿宝石。”

本吸了口气：“你花了五颗绿宝石买……这个？”

“是啊。”波比皱起眉，“为什么不呢？它很漂亮，我从来没见到过——”

“没用。”本说道，“我们需要盔甲。我们需要真正的武器——我的剑只是一块钝石头。”他拿出自己的剑来回甩动，试图证明自己的观点。“那个商人明显有一瓶隐身药水，你应该买那个的！”

“他不卖任何药水，”波比说道，“他只卖这个鹦鹉螺壳和一个鱼桶。如果你没有一直瞪着那两只羊驼，而是花点儿心思和赖利交流，你就知道了。”

“呃，好吧！”本说着，举起双手，“我只是说……也许下次别没问过我就花掉绿宝石了，至少我知道它们的价值。”

“在你拿到那些绿宝石之后，你想做什么都可以，”波比说道，“但你要先完成自己承诺的事才能得到它们。”她无助地看向约翰尼，“我们不能继续这样下去了，我得治好我弟弟。”

“我知道，”本愧疚地说，他感觉到她话语中透着绝望感，怒火瞬间就消散了，“来吧。稀树原镇在这边，看起来路上很安全。”他收起了剑，希望这样可以让波比轻松一些。

但他如果注意到了地平线上袅袅升起的浓烟，也许会再次把剑准备好。

第十五章

“这里发生什么事了？”本问。波比知道答案，她当然知道，但她希望自己不知道。

“一场僵尸袭击。”她说道。

波比看着眼前的景象。这是一个和自己的家园相差无几的小镇，只是建筑使用的材料不同——木头的颜色是一种更鲜亮的红色，平原镇用原石建造的部分，在这里被换成了陶瓦。但一个细节马上引起了波比的注意，那就是这里的房子没有门。

这些房子不是一开始就被建造成这样的，是有什么东西砸碎了这些门。

本看起来有些怀疑。“你确定吗？”他问道，“我是说……另一场僵尸袭击？不会这么巧吧？”

“有没有可能是同一群僵尸？”波比问道，“它们在陆地上游荡，一个接一个地袭击小镇？”

“不可能，”本说道，抬头望着月亮，“它们在一夜之内是到不了这里的。而且，你还记得吗？它们在阳光下会燃烧。”

“约翰尼找到了避免这个问题的方法，”波比说着，将头转向被自己拴在柱子上的弟弟。其实她想在太阳落山后把他的头盔摘下来——她总是觉得他会感到不舒服，就算本强调过约翰尼并没有明显的不适迹象也无济于事。

“实际上，是我找到了这个戴头盔的办法，”本说道，“我不觉得一群游荡的僵尸能发现这个办法，它们没有那么聪明。”他转向约翰尼，“无意冒犯，小弟弟。”

约翰尼吼叫着，拉扯着拴绳。

本弯下腰点了一下他的鼻子。

波比缓缓转着圈，环视着周围的狼藉。也许这里还有幸存者——她衷心希望这里还有幸存者——不过就算有，他们也可能已经逃走了。

她转向本：“你觉得……他们会不会留下了一些有用的东西？”

“哦吼！”本用自己最讨人嫌的语气说道，“这下拿走别人的东西也没关系了，这可真有意思，对吧？”

波比怒视着他：“不是那样的。”

“好吧，我只是想说，道德底线开始变得有些模糊了。”他笑了笑，“真是的，我只是开个玩笑。我们去‘购物’吧！”

本走在前面，几乎是蹦跳着来到了最近的房子前。他对波比“支持”自己翻箱倒柜这件事感到过于开心了。而对波比来说，她觉得自己已经无心关注这件事了。如果居民们留下了一些可以帮助他们生存的东西——或是可以帮到她的弟弟的东西——那她也愿意违背自己的道德准则。

本跃进一道敞开的门廊。一直注视着他的波比看到他此时突然间情绪大变。就算从身后看不到他的脸，也不会看错。在他跨过敞开的门廊的一瞬间，他的喜悦就瞬间消失了，一股令人不寒而栗的恐惧感占据了他。

“哦不！”他喊道，“天哪！天哪！哦，救命！”

波比向前跑去，几乎是从门框里一跃而入——但她突然停下了。她没有犹豫，也没有因恐惧停下脚步。把她困在原地的，是一片乱成一团的黏糊糊的网；网没过了她的腰，紧紧地粘在她身上。她还能动，但只是勉强能动，而且要花很大力气。

“这是从哪来的？”她问道。

“蜘蜘蜘，”本结结巴巴地说，“蜘蛛！”

本伸出手，指向屋里阴暗的一角。他说得对。一只大蜘蛛正盘踞在角落里，在阴影中几乎看不到它的黑色身躯。但它的眼睛在黑暗中闪着光，它正在端详着网里捉住的猎物。

“没关系，”波比说道，“我觉得它没有敌意。”

本完全无视了她说的话，拉弓朝着蜘蛛射出一箭。

“好吧，现在它有敌意了。”波比说道。

本又射了两箭，但他射得不准，蜘蛛毫无顾忌地穿过网，很快靠近过来。就在它接近攻击距离时，波比以为本会拔出剑。但他却缩成一团。

“你在干什么？”波比质问道。但本只是在不停地号叫，她补充道：“我该做什么？”

“救命！”本只说出了这句话。

“哦，这也太荒唐了。”波比说着，掏出了剑，迅捷地斩断了身边的网。

清出一小片地方之后，她向前踏出一步，用剑刺了出去，两下就杀死了蜘蛛。

“你可以出来了。”波比说着，斩断了缩成一团的本身上的网。

“它不在了吗？”本紧闭着眼睛问道。

“它不在了，”波比确认道，“而且，比起你试图对抗过的那些幻翼，它的危险性要低得多。到底发生什么事了？”

“我不喜欢蜘蛛。”本直截了当地说。波比还以为他会继续说下去，但他只是掸了掸身上的尘土，然后走进了夜色之中。波比在跟上他之前，捡起了一只脱落的蜘蛛眼，她知道这个在炼制药水时能派上用场。

在检查过整个废弃小镇后，本和波比没有找到什么有用的东西，不过他们还是收集到了几片面包，一些腐肉，还有一面有一些使用痕迹的盾。（本看到时激动不已）当然，牧师已经不在了，而且也没有留下任何药水。

本在制图师的房子里逗留了一会儿。它和平原镇的那栋很像，但墙上挂着的大地图描绘的是另一片地区。波比发现本似乎很在意地图上的一片泥棕色区域，她认为那肯定是某片沼泽。

“怎么了？”她问他。

“没事，”他说着，摇了摇头，就像在清理自己的思绪，“来吧，带上你的弟弟，一起选一栋过夜的房子吧。我会换上一扇门的。”

他们走到外面，波比被无助感淹没。无论他们选择哪栋房子，都已经无所谓了。它们都是一样的——只是空壳罢了，已经失去了村民们赋予它们的一切意义。

稀树原镇是这样……平原镇也是这样。

“你把我们留在这里也可以。”波比说着，直接坐在了地上。

“嗯？”本说道，“把你们留在这里，稀树原镇吗？”他假装东张西望，“不错的地方，就是没有什么夜生活。”

“我知道这和说好的不一样，”波比说道，“我们说好的是你带我们来到这里，然后再带我们回去。但是这有什么区别呢？为什么要回去呢？那里没有什么东西值得我们回去。”她在背包里翻了翻，拿出一堆绿宝石。“在这儿，”她说着，将它们放在他们之间的地面上，“我觉得这些应该够了。”

本朝绿宝石走去，但走到一半时停下了。

“等等，”本说道，“这是我们说好的吗？你确定吗？”

波比抬头看着他。“这些不够吗？”她问道，“我只有这些了。”

“够了，”本说道，他滑稽地挠着头，“但是我以为我们说好的是我要在你找到治疗方法之后再送你回去，我们还没完成任务呢。等等——让我检查一下。”他跑到约翰尼身边，将手伸向他。约翰尼试图咬他，但本早有准备，眼疾手快地抽回手，让约翰尼的牙齿咔嚓一下咬在了空气上。

本跑回她身边。“他还是一只僵尸！”他报告道，“所以我们的任务还没完成。”

波比端详着本的脸，有点儿希望这只是个善意的玩笑。“你——你是认真的吗？”她问道，“我其实以为……我想——”

“听着，别在我面前哭哭啼啼的。”本说道，“这只是做生意。假如有消息传出去，说我拿了你的绿宝石，却没有做好自己的事，”他咂了咂嘴，摇了摇头，“这种负面评价会跟随一个人很久的。”

波比忍住了，没有从地上跳起来抱住他。本明显想要保持住这种似乎毫不在意的样子，但波比知道他是为了自己才这么做的，因此非常感激他。“我很欣赏你的专业精神，”她说着，揉了揉眼睛，“但是，除非你知道在哪里可以找到一位牧师，否则我也不清楚现在该怎么办。”

“我不知道在哪里可以找到一位牧师。”本说道，“但我也许能找到另一个法子。我先前在地图上注意到了一个细节。”他摇了摇头，“也许这个法子很糟，但是我只能想到这个了。”

“什么？”波比问道，“什么法子？”

“好吧，”本说道，“你见过女巫吗？”

第十六章

波比、约翰尼和本就这样踏上了寻找女巫的旅途。本看起来对这个计划完全没有把握——但干没把握的事就是他的风格。即使约翰尼有什么意见，也没有说出来。

对于波比来说，她只是因为有事可以做而感到开心。他们刚一重新踏上旅途，她在稀树原镇产生的绝望感便消散了，新的希望在她的心中绽放，取代了先前的担忧。这一线希望支撑着她度过了一整天的漫长步行，在夜晚依旧支持着她。

一直以来，波比觉得有些人天生就很乐观——这种乐观只是一种性格。直到这次直面悲剧，她明白了真相：希望是通过努力得来的。要不断努力寻找解决问题的办法——在不断出现的困境面前相信解决问题的办法总会存在。

问题是可以看到的，问题的存在是无法否定的，但找到解决办法则需要精心构思。

他们在一片广阔的草原上，但这里和环绕平原镇的草原有些不太一样。就算是在月光下，波比也能看到这里的草地颜色更淡，没有她曾看到过的绿色那么浓郁。附近生长着几棵孤零零的树，上面挂着藤蔓，还有一汪浅浅的、混浊的水，它更像是一个大水坑，而不是一片湖。

波比的靴子发出啪嗒啪嗒的声音。“这里真的很湿。”她说道。

“我带你走的地方已经是最好的了，不是吗？”本说道。“我们应该已经在沼泽边上了。而且现在是深夜，这对在那边兴高采烈的约翰尼来说肯定很好，但对我们来说不是一件好事。”他用剑划向一根藤蔓，“准备好你的武器。我们可能很快就会遇到麻烦。”

波比照他说的将拴绳移到左手中，用右手拿着剑。她快速地瞄了一眼自己手中反射着光芒的铁剑，又看向本手中让人心疼的石头版大剑。

“我一直想知道一件事，”她仔细斟酌着要说的话。她一直都不是很清楚什么东西会把本惹毛，他好像有很多逆鳞。“你已经冒险很久了，对吗？那么为什么你没有更好的装备呢？”

“我曾经有过更好的装备，”他回答道，“甚至可以说很不错。但在遇到你之前不久，我……把它们弄丢了。”

“听起来挺不谨慎的。”波比说道。

“我采取过预防措施，”本反驳道，“但我的所有东西都被偷走了，其实是被一个我信任的人偷走的。”

“哦，”波比说道，“真抱歉，那可太不好受了。”

“是啊，”本说道，“谢谢。”

“不过……”

“哦，别这样。”本说道。

“别哪样？”

“别把这件事变成一堂你的‘大姐大’人生经验课。”他说道。

“我不会那样的。”波比表示异议，挑了一下眉，“我不会的！我只是想到，也许我得指出一件事，就是你对自己的东西被洗劫一空的反应居然是要来平原镇洗劫我们。所以也许你要好好考虑一下，这个劫掠循环是不是一个问题，以及，如果它是一个问题，那你的行为是不是也在一定程度上助推了这个循环的延续。”

本呻吟起来，约翰尼也和他一样。“嘿，我觉得我理解为什么他会发出那种声音了，”本说道，“他完全忍不了你了！”

“真没礼貌，”波比说道，“真希望我们能遇到那些养大你的野狼，这样我就可以问问它们是不是做错了什么。”

他们继续步行前进，地面变得更湿了，树木也更密了。很快，他们就很难透过高耸的树干和茂密的树冠看到月亮了。

“我从来没见过这样的树。”波比说着，边走边把手按到一棵树上。

“这是红树，”本解释道，“它们在水边会长得又大又壮。”他迈出一步，突然就陷进了没过膝盖的水里。“呃，”他说道，“我更喜欢结实的地面。”

约翰尼吼了一声，虽然这不是一件奇怪的事，但这次，他的声调有些不同。这声音让波比脊背发凉，不知为何，它听起来就像一声警告。

她举起了剑，转身看向树木下面的阴影。

她看到了一道飘忽不定的水光——一道绿色的亮光。一开始，她以为那是某种鬼火。她听说过在主世界的沼泽中游荡的鬼火的故事，它们会将无防备的旅行者们引入沼泽，让他们难逃溺水的厄运。不过她确信这些只是为了不让年轻的居民们离开安全的家园而编造出的故事。她揉了揉眼睛，使劲眨着眼，然后再次看过去。

她现在看清了，那里没有什么鬼火，只有一团在抖动的、果冻一般的物体。它湿润的表面能反射月光，这让它看起来几乎像在从内部发光。它呈现出苍白的绿色，随着它弹跳着前进，波比可以在它几乎非人的形态表面看到一张朦胧的面孔。

“真可爱！”她说着，放下了剑。

“确实，很可爱，”本说道，“但很可惜，那是一团想灭掉我们的、不怀好意的史莱姆。”

波比窃笑道：“你也是这么说羊驼的。”

“羊驼就是混蛋，所有人都知道这一点！”本生气地说。他站到了波比和史莱姆之间，挥舞着剑，“我开始有点儿怀疑你的判断力了。”

本等到史莱姆再次向前抖动着跳出，便举起剑挥了下去。悬在半空的史莱姆很容易打中。

但它并没有被本的剑消灭，而是分成了两半，变成了两只史莱姆，其大小都是之前的一半。

“我开始有点儿怀疑你的判断力了，”波比说着，再次举起了剑，“现在它变成两只了！”而且它们变小显得更可爱了，她这么想着，但没说出来。

她和本肩并肩站在一起，等着看史莱姆们会不会继续攻击他们。“我们要撤吗？”她问道。

“外面太暗了，”他说道，“而且那里还有比史莱姆糟得多的东西。我可不想在身后有史莱姆追着的时候遇到其他危险。”

“好吧，”波比说道，“那我来对付左边的那只。”

波比刚才细心观察过。和本一样，她也先等待史莱姆出击，然后在空中拦住了它。不过令她感到惊愕的是，它又分成了两半。

“这太荒唐了！”她说道。

在她右边的本也遇到了相同的问题。“还觉得他们可爱吗？”

“我觉得，有点儿，”她说道，“现在它们都能被装进口袋了。”

“赶紧惩治它们，拜托了。”本说道。

“惩治它们？”她重复道，“冒险者们真的都这么说话吗？”

虽然在开玩笑，波比还是准备按本说的去做——不过就在这时，约翰尼突然往前跳了出去，一口吞下了一只小史莱姆。

“唔——”波比说着，停下了手上的动作。

“呕——”本说道，“那肯定不健康。”

约翰尼发出了一阵咕噜声，波比决定在弟弟再去进食之前赶快解决掉剩下的史莱姆。

“惩治！”她边说，边把剑啪的一声拍在泥土上。剩下的史莱姆太小了，很难被打中。“快点儿，本，惩治啊，惩治！”

“我在惩治了！”他笑着说道。

约翰尼看着他们朝那些蹦蹦跳跳的小怪物进攻着，打了个黏糊糊的嗝。

第十七章

沼泽中寂静无声，只有青蛙在他们触不可及的地方跳动。本停下了一会儿，欣赏着它们激烈蹦跳的姿态；他很少经过一片沼泽，也从来没在别处看到过这些两栖类动物。

波比好像也被它们吸引住了，甚至连她流着口水的兄弟也被这一景象迷住了。

这是件好事，毕竟这样这只小僵尸就不会真的去晃船——帮倒忙了。

在惩治了史莱姆之后，本让波比收集了掉落的史莱姆球——“你从来不知道什么东西以后会有用。”他一本正经地和她说，而且他也很确定她认可了这个观点，虽然她朝他做了个鬼脸。

在她收集那些东西，把约翰尼从本身边带走的工夫，本砍开了一棵红树，收集到了可以做一条小船的木材。不过，很快他便想起来一件事，那就是他们之中有一只嗜血的僵尸，于是他便收集了更多，足够再制作一条船的木材。

“我不理解为什么我们要分开待在两条船上，”波比在水面上喊道，“你不担心我们走散吗？”

“我担心很多事情，”本回答道，“被你的弟弟把鼻子咬掉在这些事里面排得挺靠前的。”

波比叹了口气。“他吃下那只史莱姆之后应该已经饱了。”她说道，好像这件事能减轻本对那个小男孩胃口的担忧一般。

在沼泽的最中心，本看到了自己最期望——也是最害怕——看到的东西。树木逐渐变得稀少，拨开垂下的藤蔓，隐约可见一栋摇摇欲坠的建筑，它被长长的木桩支撑着，悬在水面之上。在月光下，它看起来像一只奇怪的方形动物，长着不足以支撑自己重量的纤细四肢。

“就在那里，”本轻声道，盼望着只有波比可以听到他说话，“那是个沼泽小屋，那里应该有一位女巫。”

“我希望她愿意帮忙，”波比说道，“我可不想被变成一只青蛙或是什么别的东西。”

“哦，别担心那种事，”本说道，“她应该会直接杀掉我们……”

波比有气无力地笑了笑：“那你觉得我可以和她讲道理吗？”

“我不知道是不是可以讲道理，”本说道，“但我希望至少她可以和你交流。”他耸了耸肩。“说实话，我觉得希望渺茫。我曾经遇到过几位女巫，我从来也没搞懂过她们在说什么。这和我遇到流浪商人时的情况一样。”

“女巫们知道所有关于药水的事，对吗？”波比问道。

“我只能说，女巫往我脸上丢药水这种事，我已经遇到过两次了。”他轻声笑着说，“如果这种事发生第三次，我就要想想这是不是我自己的问题了。”

“这就是你的问题。”波比面无表情。

本没有搭理她的讥讽。“所以，你想怎么办？”他询问她。

“我不知道，”波比说道，“我觉得可以礼貌地询问她。”

本皱起眉：“好吧。在我们溜进女巫的小屋里，把她打晕再绑到椅子上之后，对吧？”

“什么？不是！”很显然，波比被这个想法吓坏了，“在我们闯进她家里，然后威胁她之后，她为什么还会跟我们交流呢！”

“因为我们的威胁很有说服力……？”

“冒险者！真是的，”波比说道，“你不能总是这样一副所有东西都是你应得的样子！”

“拜托，别喊了。”本说道。

波比马上看起来有些后悔了：“本，抱歉，我——我不想伤你的心，我只是——”

“我不是在担心我，”本低声说道，“我是在担心你的声音太大了……”

就在这时，水面上回荡起一阵阴森的笑声。

本猛地将目光转向小屋，一道身影出现在了敞开的门口。那道身影形似一位居民，但戴着一顶尖顶的帽子，穿着一袭流光溢彩的紫色长袍。虽然是笑声的来源，但她看起来心地并不是很善良。

“女巫！”他边说边指。

“是的，太谢谢你了，我看到她了。”波比声情并茂地说道。然后她提高了声调：“你好，善良的女巫，沼泽中的魔法师，炼药的术师，荒野中尊贵的贤者……”

女巫手里拿着一瓶喷溅药水。本向波比比划着，让她赶紧说重点。

“咳咳。我们有任务在身，来到这里寻求你的帮助。”她说道，“看，我的弟弟被感染了，希望你或许有什么治疗方法——或者可以研究出一种方法。”

女巫在门廊边来回快速踱着步，手里摇晃着一个瓶子，叽叽喳喳地说着让人不知所云的话。

“哦不，”波比说道，“我……我听不懂她在说什么。”她转向本，“她说话时听起来几乎像一位居民，但又不完全一样。不过，我好像听出了一些敌意……”

“你是这么觉得的？”本说道，“你是说，有敌意？”

随着一声尖锐的笑声，女巫把瓶子丢向了波比。“快躲开！”本说道，但波比没听他的。她结结实实地挨了一下，喷溅药水的瓶子砸在她身上，摔得粉碎。

“嘿，好疼！”波比说道。

“你为什么不躲开？”本喊道。

“我弟弟在我身后，”波比说道，“我不能让他受到伤害。”

“我从来没有像现在这样因为自己是独生子这么高兴过。”本小声嘟囔着，划桨来到了波比前面。

“嘿！女巫！”他喊道，挥舞着双臂，“为什么不往这边打呢？”

“你在干什么？”波比在女巫疯狂的笑声中问他。

“我有盾，会没事的！”他告诉她，“你悄悄绕到后面，搭建一段通往门口的楼梯。”

“然后我还干什么呢？”波比问道，她已经开始划了。

本用盾牌挡住了一瓶飞来的药水。药水瓶撞碎了，他挥手打散了药水的烟雾。

“再礼貌地询问一次试试。”本说道。

“真的吗？”波比问道。

“不是！”他说道，“拿什么重的东西敲她的头！或者让那个被你称为弟弟的小魔头上啊！”

“你真没礼貌，但我们一会儿再说这件事！”波比边喊，边划到了小屋的另一边。本用话嘲讽、做手势，甚至跳着奇异的创新舞步，吸引了女巫的注意力。

在躲过了第五瓶药水之后，本开始纳闷儿波比什么时候才会闪亮登场。他一直等着看她用剑刺穿女巫，或者约翰尼扑向女巫，将她拽到阳台边，丢进下面的浑水里。本在这个位置可以清楚地看到他们的女巫对手会迎来怎样的结局。

在躲过第六瓶药水之后，他抑扬顿挫地喊道："你怎么花了那么长时间？"

"搞定了！"波比说道，她的声音不是从楼梯上方传来的。她从那几根木桩的另一边出现了，正划着桨靠近本，约翰尼则在心无旁骛地啃一根骨头。

"什么叫搞定了？"本说道，他分了神，在最后一刻才勉强躲开一瓶丢过来的药水，"我还以为你要惩治那个女巫呢！"

"你总是想着惩治，"波比说着，露出了微笑，"我翻了翻女巫的东西，找到了一本配方书，里面有和牧师埃弗里不一样的配方，也许其中有一些对我们有用的东西。"

"那那根骨头是从哪里来的？"本问道，他有点儿害怕听到这个问题的答案。

"哦，它就在地板上。"波比说道。

"那卫生吗？"本问道。

"其实，他本想吃掉那只猫，"波比说道，"所以这是个还不错的折中选项。"

本叹了口气。"也许僵尸们不需要担心细菌的问题吧。"他说道，然后抬头面向女巫，"你知不知道你今天有多幸运！如果刚才我在那上面，你就已经被惩治了！"

"很抱歉闯了进去，"波比边朝女巫喊，边划着船超过了本，朝岸边前进，“我想打破这个残酷的劫掠循环，所以之后会想办法把书还给你的。”

本划着船跟在她后面，朝身后喊道：“但是骨头我们就带走了！”

第十八章

太阳随时都有可能升起，当波比试着把南瓜放在他头上时，约翰尼却大吵大闹起来，于是本提议在与女巫拉开一点儿距离后找个地方扎营。

“这个地方应该不错。”本说着，拿出镐在沼泽外侧一座湿乎乎的小山上挖起来。不出几秒，他就在地下不深的地方挖出了一小块空间，里面插着火把，还有足够放下床和工作台的空间，以备他们在这里待上一天。

波比坐在火把下，马上端详起自己偷到的那本书。“读起来不是很通顺，”波比说道。“里面大部分内容都很潦草，但我能理解一部分，尤其是最开始的那几页。”她把书举到本面前，“看看这第一章。”

本探身过去看，但他刚一靠近，约翰尼就恶狠狠地嚎叫起来。“要不你帮我总结一下？”他提议道。

波比点点头。“好吧，在我看来，那位女巫不是一直以来都是女巫。她曾经是小镇中的一位牧师，她用这本书记录了她所做的实验。”她翻着书，“有什么事发生了。一场暴雨？一道闪电？反正有什么东西将她转化了。”她看向被自己拴在木桩上的弟弟。“差不多就像约翰尼一样。”她悲伤地说。

“接着读下去，”本说道，“我来检查一下我们的装备，也许要做点儿修补工作，然后再多做一些火把。你饿了吗？”

波比皱起了眉。“我不觉得我在咱们离开沼泽之前吃得下东西，这里的味道很奇怪。”

“确实，”本赞同道，“你这么一说，这里闻起来确实有点儿像腐肉。嗯……这是为什么呢？”

波比探身闻了闻空气，一脸凝重。“这样的话，我们更有理由找到解药了。”她说着，回身继续读着放在腿上的书。

过了一段时间之后，本正咬着一片有些硬的面包，这时，波比突然跳了起来。“在这里，真的在这里！”她看向另一边的本，脸上洋溢着大大的笑容，“那位女巫肯定是在找治愈自己的办法。她记录了治疗各种感染的方法——从中毒到霉变，再到僵尸化。”她把书递给他，打开的书页上有一幅手绘图画。

他马上认出了画上的东西。“那是个金苹果。”他说道。

“真有这种东西？”波比问道，“它真的存在？”

“是的，”本说道，“这种东西真的存在，甚至可以被制作出来。”

波比拿回书，翻到下一页。“我们需要一个。如果我的理解是对的，一个金苹果——再配上虚弱药水——就可以治愈约翰尼，完全地、永远地治愈。”波比眼中噙满泪水，“我知道这是可能的，我就知道。”

“看来我不应该质疑你的。”本说道。

“没错。”波比说着，擦了擦眼泪，笑了起来。“你想不想……你喜欢拥抱吗？”她问道，“我觉得我得抱一下你。”

“好的。”本说着，朝她走过去。不过，当约翰尼吼叫着拉扯拴绳时，他停下了。“唔，也许还是不了，”本说道，“也许以后再说？”

波比点点头，她的泪水已经不见了。“跟你说，”她说道，“如果你告诉我怎么制作金苹果，我就给你一个拥抱。”

“制作起来很简单，但如果我们想找到足够多的黄金，要花很长时间，”本回复道，“试着直接找一个可能更容易，我的好友洛根曾经找到过一个。”

“你知道洛根现在在哪里吗？”

“好吧，我不知道，”本说着，感觉有些心痛，“不过，他已经把那个吃掉了。他说那是他吃过的最好吃的东西，我也只能相信他说的。不过他的确告诉过我他是在哪里找到的。稍等一下。”

本在背包里翻找了一会儿，拿出了从两位制图师的房子里拿到的地图。他把它们铺在地上来回翻看着，寻找着。

“就在这里，”他边说边指着地图上森林中心的一个小长方形，“一座林地府邸。”他抬头看向波比，“虽然不确定，但你可能可以在那里找到金苹果。”

“一座府邸，像故事书里那样的？”波比迷迷糊糊地说，“住在那里的家族友好吗？他们愿意和旅途劳顿的陌生人分享珍藏的镀金蔬果吗？”

“并不是那样。”本摇了摇头，“我觉得咱们要再看看自己的装备，而且你应该睡一觉，因为我们将面临一场苦战。”

这次波比没有听取他的意见，本知道对此不必往心里去。他只是告诉她该睡了，他也知道她累了。但她正因为这次的计划而焦躁着——她太想让弟弟恢复正常了。她躺在床上，但睡不着。

本在想是不是因为约翰尼一直寸步不离地待在她的床边才让她失眠的。

“他真的会在我睡着的时候看着我吗？”她问道。

“一直都是，”本说道，“他根本不让我接近你。”

“这样已经进步很多了，”波比说道，“在刚成为僵尸的那几天，他一有机会就想吃掉我。”她似乎在想什么。“嘿，来这里。”她说道。

本从工作台上抬起头。“不可能，”他说道，“你没听到我刚才说的吗？如果我靠近，他就想咬我。”

“拿着这个，”波比说着，把铁靴子朝他扔过去，“把这个套在你手上。”在他提出异议之前，她说道：“如果你愿意的话，我们可以跳过你抱怨的桥段，直接开始按我说的做。”

“你小看我了，”本说着，拿起铁靴子，“我可以一边按你说的做一边抱怨。在这之后，我的手会不会闻起来像脚一样？”

“约翰尼，看那边。”波比边说边指着一面土墙。约翰尼顺从地转过头，目不转睛地盯着那面墙，好像那里藏着什么大秘密一样。

在分散了弟弟的注意力之后，波比溜下了床，从地上拿起了约翰尼的骨头，然后把它递给了本。他用空着的那只手接住。

“真棒，”本说道，“现在一只手闻起来像脚，另一只手闻起来像僵尸的口水。这根骨头湿漉漉的。”他朝波比眯起眼睛：“这不是抱怨，我只是在陈述一个事实！”

在听到本的声音后，约翰尼转过身，喉咙中发出一声低吼。他朝他们走了几步，然后就被拴绳拉住了。

“好的，”波比说道，“我希望你可以进入他的触及范围，给他骨头。”

“要是他不管骨头朝我扑来怎么办？”本问道。

“那也没关系，”波比说道，“他咬不动铁，而且他被拴住的时候行动不是那么方便。把有‘护甲’的那只手放在前面，你就会没事的。”

本把双手都举起来，缓缓向前。“在这里，约翰尼。”他轻声说。“一根黏糊糊的磨牙棒，给你的。”他皱起眉，“说明一下，我是说那根骨头，可不是我自己。”

约翰尼毫不在意本的玩笑——也不在意骨头。本刚一进入触及范围，约翰尼就试图咬他。这和波比预想的一样，不过，小男孩的牙齿咬不穿这个简易护甲。

不过这不影响他继续尝试。约翰尼紧紧咬住铁靴子不松口，边咬边流口水。

“他这是在干什么？”本说道。

“他在学习，”波比说道，“他迟早会明白，如果他咬你，只会吃到一嘴乏味的铁皮……而如果选择骨头，可以更开心。”

“迟早？”本重复道，“要多长时间？”

“好吧，我花了几个小时……”

“还没那么糟。”本说道。

“每天花几小时，”波比说明道，“持续……很多天……”

本看着约翰尼，他还在徒劳地啃咬着。“看来我们每个人的学习节奏都是不一样的。”他说着，叹了口气。不过他突然有了一个想法：“现在我来给你上一课怎么样？”

波比看起来有些担心：“你想教我些什么？”

“很多东西！”本说道，朝她微微一笑，“不过我们从战斗开始吧。”

第十九章

“所以你听说过关于这些府邸的事，但是没亲眼见到过？”在他们在月光下穿越主世界时，波比这样问本。

“我其实看到过一座，”本告诉她，“从外面，在一段安全距离之外。我听说过各种关于在里面游荡的东西的传闻，我自己还没准备好面对这种挑战。”

他抬头望着月亮。“那是在我遇到洛根之前的事，他的确帮助我精进了我的技术。我现在准备好面对林地府邸了。”他这么期望着。

他们已经离开了沼泽，正在穿过稀树原镇周围的热带草原往回走。这里像沼泽一样温暖，但是没有那么多浑水。本如释重负，他不用再费那么多精力当心脚下了——尤其是他们还要注意敌对生物。

这次，他们终于不用躲避危险的怪物了。事实上，本其实期待着遇到一些麻烦。

他并没有等太久。这里树木稀少，让人对周围可以尽收眼底。而且，在深夜，怪物从来都不难找。

“我看到了一些东西，”波比小声说道，“在西南方向。”

本睁大眼睛，朝黑暗中窥视，然后点点头：“那是一只苦力怕，太完美了。”

“你对‘完美’的定义可真奇怪。”波比说道，“苦力怕不是会爆炸的那些家伙吗？”

“如果你太接近它们的话，是的。”本说道。他躲到一棵树后，用手比划着让她也这样做。

“这意味着你攻击的时机至关重要。这就是你要上的一课。”

波比边把弟弟的拴绳绑在一根桩上，边回头看着本。“上次我在稀树原镇面对那只蜘蛛时，时机把握得还不错。”她说道。

“是啊，不过我用……战术性号哭吸引了它的注意力。”本说道，“那你的小镇被僵尸围攻那次呢？那晚你和僵尸战斗了吗？”

“某种程度上战斗了，”波比回答道，“不过我没有击败任何一只僵尸。我只是打中一只，在它缓过来之前逃走了。”

“这就是我要说的。”本说道，“打中敌人非常容易，但如果一只怪物在追你——也就是它在反击——你就要看看怎么应对了。只是随便打打它们会留给它们反击的机会。”

“就像面对史莱姆那次一样，”波比说道，“你要等待它们向前跳跃。”

“正是。”本说道，“对于苦力怕来说，这更加重要。你有一把铁剑，这意味着你要挥好几下才能击败它。如果你只是站在原地功击，你就有大麻烦了。”

“要怎么做？”波比问道。

“注意你的步子——和它保持一定的距离，在机会出现时往前冲，然后挥剑。”本说道。

波比举起剑。她将剑握得很紧，但本可以看到她眼中充满了担忧。“你能做到的，”他说道，“你很聪明，这是赢得一场战斗的关键。”他又补充道：“也许有时候一把钻石剑才是。但我们只能用好手头的东西了。”

在他们接近苦力怕时，本让波比走在他前面。不过他也紧跟着，手上准备好了剑。如果她没把握好时机——遇到麻烦了——他只有几秒钟的时间过去帮助她。

不过他不需要担心。波比有天赋。当苦力怕注意到她之后，她守在原地，让它接近……然后在它足够接近自己时马上用剑击退它。她按照本所说的做，举着剑向后退，然后向前攻击。苦力怕终于倒下，变成一阵无害的尘土消失了，波比欢欣地跳了起来。本想和她一起庆祝，但还是朝她“嘘”了一下。“你应该不想把这里所有的怪物都吸引过来吧！”他警告道，“和一只怪物一对一对决是一回事，但如果是和多个敌人对决呢？”

“你舍不得赞赏他人的样子就和你舍不得战利品一样，”波比说着，往前跑去收集苦力怕留下的一小撮火药，“所以这个我拿走了！”

本大笑起来：“那行。不过记得小心拿好。那可不是调料，你是知道的。”

他们回去带上了约翰尼，然后继续前行。战意未消的波比在视野中寻找着下一位对手。“那是什么？”她说道，“远处，在那边。”

本转过去看，然后迅速移开视线。那一瞥已经足以让他看到一个高挑、纤瘦的身影——它长着不自然的、细长的四肢，还有一双在暗处发亮的紫色眼睛。

“那是一只末影人，”他说道，“不要去看。”

他们蹲在一个小山丘后面，离那个生物还有好一段距离，但他们的行进路线会经过它身边。

“我曾经见到过一只，”波比告诉他，“虽然它看起来很怪异，但是好像不危险。”

“一般情况下，它们确实不危险，但它们有时也会极具攻击性。”本解释道，“盯着它们看一定会激怒它们，而且和它们对决很麻烦，所以我觉得最好不要激怒这一只。我们在这里等一会儿，希望它不会理会我们。”

“好吧。”波比说道，但她马上坐立不安起来。“不过不去看很难，”她说道，“这就像有人和你说不要去想美西螈，然后你这一天只能想到美西螈了一样。”

“那听起来像一种很奇怪的游戏，”本说道，“但是我理解你的意思。如果不去看末影人，你就不知道它在干什么，这会让你觉得自己容易遭受攻击。但末影人只会在你看它时攻击你。这就像一场心理战。你得控制自己的冲动，而且——哦不。”本转过身看着站在一旁望着夜色的约翰尼。“那边的僵尸男孩就会冲动。”

“约翰尼，”波比说道，“哟吼！看着我，别看那边。”在完全没有得到他的回应之后，她只是摇了摇头。

“好吧，他从来都不听我的话。”她沉默了一会儿，然后转身看着本，“你觉得，他还剩多少……‘他自己’？在我们治好他之后，他会记得这些事吗？”

“我不知道，”本说着，靠在身后长满草的小山丘上，“我是说，你还记得自己还是宝宝时的那些事吗？我们总是会忘掉各种事。”

“我记不起太多了。”波比赞同道。

本本想继续问下去，但犹豫了一下。“所以你……一直都居住在平原镇吗？”他问道，“我是说，你是那里的人吗？”

“我知道你要问什么了。”波比说道，“冒险者们经过小镇的时候，经常问我这样的问题。”

“我不是想打探什么——”

“没事，没关系的，”波比说道，“我对这件事不敏感。我明显和大部分居民不一样。”她耸了耸肩。“我是被收养的。

我的父母在我还是个婴儿的时候捡了我。然后，这也是回答你刚才的问题，我不记得那一天和在那之前发生的任何事。在长大的过程中，我一直都知道自己曾经是个弃婴——他们也从来没向我隐瞒那件事——但他们从我记事以来，一直都是我的父母。”她突然严肃起来。

“或者说，他们曾是我的父母。我老是忘记他们不会再在家里等着我了。”

本不太善于表露自己的情绪，但他知道自己不能对这些话不做任何表示。“我很抱歉。”他说道，在犹豫了一下之后，他伸出手在她的头盔上拍了拍。

波比眼里满是迷惑：“你刚才是摸了我的头吗？”

“不，我——我这是在安慰你。”他回答道。

“是这样吗？”波比说道，然后大笑起来，“不过，看啊！至少约翰尼没把你的手咬下来。这就是进步啊。”

“是啊，”本说道，“我敢说，我和他用不了多久就能变成最好的兄弟。”

约翰尼感到自己受到了更多的关注，发出一声尖锐又恐怖的声音。

“真可爱，”本说道，然后从斜坡上探出头看去，“我觉得一切正常。约翰尼也没有激起末影人的怒火，也许事情真的在朝对我们有利的方向发展。”

“敲敲木头保佑。”波比说着，放下了一块木板，好让自己在说这句话时有东西可敲。

第二十章

就算是约翰尼，都有些忌惮走入森林。波比发现在他们接近森林时，他稍稍犹豫了一下，轻轻地拉动了一下拴绳，就像是放慢了脚步一般。

她想给他鼓鼓劲儿。但是看着眼前出现的一棵棵深色橡树和被树木环绕的、如墨般漆黑的等待着他们的夜幕，她只能强忍着因恐惧而产生的战栗。

她已经快习惯夜晚的黑暗了。但森林带来了更深重的黑暗，厚重的树冠不让一丝月光穿过。

“这真瘆人，”波比在他们进入森林时小声说道，“不过……没什么可担心的，对吗？”

“哦，有很多要担心的。”本说道，“睁大眼睛，这里可能怪物横行。”

树木紧紧地长在一起，他们不能肩并肩，只能排成一列前行。波比让本走在前面，这样她可以待在他和约翰尼之间。

“不远了，”本查阅着地图说道，“我们也许能毫不费力地到达那里。”波比知道只要他说出这句话，他们就完蛋了。

随着嘣的一声，一股气流冲击过来，本身边的树好像突然多长出了一根树枝。

波比看出来了，那不是一根树枝，那是一支箭。

“我们被攻击了！”她喊道。本告诉她：“快跑！”

她按他说的去做，毫无不满——但这里不仅树非常多，而且很暗。她刚走出几步，约翰尼的拴绳就缠住了，绕在了他们之间的一根树干上。

最快解开拴绳的办法就是放下它。但她太担心和约翰尼在森林里走散了，他可以轻而易举地在黑暗中消失。

不过这里的黑暗可能帮到他们。也许他们已经躲过了攻击者。

这次没那么好运。波比看向攻击者冲过来的方向，她可以看到黑暗中的动静——一片惨白，一张令人毛骨悚然的脸，一张瞄准了她的弓。

在波比反应过来之前，本赶来站在了她面前，用盾把箭弹开了。

“哇哦，谢谢。”波比说道。

“虽然我想说不客气，但是我就是为赞美而活的。”本说着向前跑去，快步缩短了和攻击者间的距离。波比看着他，确保他已经获得了优势，然后转身准备解开约翰尼的拴绳。不过她的弟弟只是站在原地眨着眼。

“解决掉一只骷髅了。”本说道，“我从它那里拿到了更多箭。还有，看啊，新鲜的！”他举着一根骨头递给约翰尼。约翰尼怀疑地闻了闻，然后从本手上抢走了。他坐到地上，马上开始啃了起来。

“你知道吗，那还是有点儿恐怖。”本说道。

“真抱歉，”波比说道，“我根本没有帮上忙。”

“哦，别这么说，”本说道，“你帮我吸引了足够长时间的火力，让我可以进入攻击范围。”他举起剑，这剑因为过度使用变钝了。

“其实，我还是希望能有一把好一点儿的剑。刚才花了好久才把骷髅解决掉，而且我们的动静太大了。我感觉我们很快就会招架不住了。”

“那我们该怎么办？”波比问道，“要不我们挖隧道走完剩下的路？”

“想法是对的，方向不对。”本微微一笑，“你不怕高吧？”

波比没想过自己会怕高，但她从来没验证过这件事。

“你确定这些东西可以支撑我们的重量？”她边问边伸出双臂保持着平衡。

“挺确定的，”本回答道，“只要别踩错地方就好。”

波比把拴绳握得更紧了。“靠近点儿，约翰尼，”她说道，

“跟着我走。”

约翰尼啃着骨头，没有回复。

他们上了树冠，在这绿色的“屋顶”上穿越广阔的森林。阴森的身影在他们下面远远的地方游荡——波比穿过树叶窥见了它们——但在这上面，没有让她害怕的生物或怪物。这里只有重力，还有她脚下的树枝轻微摆动。

她步步为营，缓慢地稳步前进着。

尽管林地府邸很庞大，波比还是觉得它突然就出现了。上一刻，她还在无边无尽的树冠上前行。下一刻，拨开树叶，她便看到了矗立在面前的宏伟建筑。

它巨大无比，可能有整个平原镇那么大。它由深色木头和圆石建成，如同一只巨兽盘踞在树木之间，一排排别无二致的窗户如同蜘蛛的眼睛一般发着光——数量众多而清冷的光点，隐匿在黑暗中。

波比跟着本小心翼翼地从树冠跃到屋檐下，然后引导约翰尼越过了那个小间隙。他们一起站在倾斜的木屋顶上，这有点儿像曾用来建造平原镇的橡木，但颜色更暗。

“正门在哪里？”波比问道，“而且我们要怎么从这里下去？”

“你不能再像一名居民一样思考。”本说完，用剑砍破了最近的窗户，“看啊！一个入口。”

波比倒吸一口气：“住在这里的人肯定不会好好对我们！”

“我们不是来交朋友的，波比，”本说着，俯身钻进了窗口，“而且把这里当作家的怪人们肯定不会喜欢上我们。”

波比拉着身后的约翰尼，跟着本进去了。他们在一个餐厅一样的地方，这里的长桌上摆着一盆花，天花板上挂着朴素的吊灯，几乎所有东西都是木头做的。

“这里还挺温馨的。”波比说道，努力保持乐观。实际上，这栋房子的氛围让人不安。

本像幽灵般说：“如果你喜欢这里，那就留在这里吧……直到永远！”他在她面前挥着手，装出鬼怪的样子。

她拍开了他的手：“你一点儿都不好笑，也不可怕，你想要什么效果，一点儿都不像！”

“迷人，”本说道，装模作样地噘起嘴，“答案永远是‘迷人’。”

“那你差远了。”波比揶揄道。

“我征服了他。”本说道，看向了约翰尼。约翰尼狼吞虎咽地吃完了刚才占据他注意力的那根骨头，现在正朝着本的方向气势汹汹地吼叫着。

“那个野兽般的吼声提醒了我——我们要小心一点儿。这些地方到处都是麻烦，不仅有怪物，还有施术者和拿着斧子的杀手。”

波比勉强忍住了颤抖，说道：“我曾想的是童话故事里光鲜的宫殿，但这里更像鬼故事里闹鬼的房子。”

“鬼魂是不存在的，”本说道，“我们还是担心那些拿着斧子的杀手吧。”

他们悄悄地走着，举着剑溜进楼上的走廊。走廊的天花板很高，这里有高高的柱子，两旁布满了火把和打开的门。一条鲜红的地毯沿着走廊铺开。看着它时，波比努力让自己不要想起血。

本离第一扇打开的门只有很短的距离，他小心地走过去。他在走廊的墙上靠了一会儿，握好身前的剑，深吸一口气，然后以战斗的架势转身冲进房间里。过了一会儿，他才说道："这里很安全，但是……有点儿奇怪。"

波比在跟随他进去之后，就明白了他说的是什么意思了。这是个方方正正的小屋子，里面没有危险——也没有任何东西，除了一大堆被染成各种蓝色的羊毛。

"在我想看到的东西列表里，"波比说道，"蓝色羊毛排在后面。"

约翰尼似乎很兴奋，他哼了一声，向前冲出去，然后脸朝下趴进了那堆羊毛里。

"他是故意这么做的吗？"本问道，"他不会把这些吃掉，对吧？"

波比看着弟弟四处乱窜，让羊毛飞得满屋都是，有些悲伤地笑了笑。"他在玩儿，"她说道，"看到了吗？他还是以前的约翰尼。"

下一个房间里有一排排书架和诱人的长椅，这让波比马上想念起平原镇的图书馆——在想起自己让那里变成了什么样之后，她有些愧疚。

之后，他们找到了一间有着一张整洁的床的卧室。满是霉味的空气让波比觉得这个房间已经很久没人使用了。

他们一个接一个地探索着房间，放松了警惕。波比以为这个地方已经废弃了。本则更加警惕，但他也把剑放到了身侧。

“这简直荒唐，”波比观察着一棵生长在一小块泥土上的橡树，“谁会在屋子里放一棵树？”

本蹲在波比旁边，检查箱子上是否有陷阱。“混球儿，”他好不容易打开，“是空的。还有，看啊。”他站起来，跨过屋子的入口说，“以前，这个房间是被木板封住的。我们走进来的这扇‘门’其实是被人挖出的洞。”他摇摇头，“这就能解释为什么这里没有怪物了。有人来过，把它们都解决了。”

“这被你说得好像是一件坏事，”波比说道，“我可是想让生活中少一些怪物。”

“你不明白，”本说道，“这是个高风险、高回报的事。这些府邸里险象环生，但冒险者们还是会寻找它们，因为战利品值得他们冒险。”

“战利品，像是……金苹果？”波比问道。

“是啊，正是。”本叹了口气，“有人比我们先到了，他们把这里有价值的东西拿了个干净。我们不会在这里找到金苹果的。”

波比再次挣扎着不让自己流露出沮丧的表情，而是挤出了一个笑容。“好吧，我们只能去别处看看了。”她说道，“我们想一个新计划吧。”

本对她的乐观却报以一脸惊恐。

波比不解地说：“你可以接受吗？如果不太接受，我们可以再谈谈你的报酬。”

本握住了她的肩膀，把她转向走廊。在走廊的最远端，她看到了让他如此惊恐的东西。

“那是不是——？”她开口。

“幽……幽……幽灵！”本说道。

第二十一章

那个幽灵还没看到他们。它舞着灰暗、破烂的双翼，在长廊里漫无目的地飘浮着。本看着它直接穿过了一根柱子，就像没有实体一般。

但它手中握着的剑看起来足够结实，可以造成一点儿伤害。

“我以为没有幽灵这种东西。”波比悄声道。

“相信我，我也是。”本轻声道，“在此之前，我一只幽灵也没见过。但它应该没那么强。它拿着一把剑，这可比带刺的触手或者灵活的长舌好多了。”

“你的想象太恐怖了。”波比说道。

他们沉默地站了一会儿，观望着远处的幽灵。“好的，我们现在要这样做，”本终于开口了，“我要试试从这里用箭把它干掉。你准备好剑，以防箭对它不造成足够的伤害。”

“你确定它是充满敌意的吗？”波比问道。

本毫不犹豫地将剑换成弓，开始瞄准幽灵。“就算现在不是，马上也就是了。”说完，他放出了箭。

箭砰的一声扎进了一根柱子里，离目标差了不少距离，没有造成任何伤害。

“你这是在干什么？”波比问道。

“我手生了。”本说道，“剑，拿剑！”

箭没有成功射中幽灵，但成功引起了它的注意。它激烈地拍着翅膀，目露凶光地朝着他们俯冲下来。

约翰尼一跃，在本和波比挥剑前撞开了它。趁着它猝不及防之时，本和波比马上做出了反应——一起攻击。不一会儿，那个幽灵就被征服了。

“还挺顺利，”本说道，“也许一开始就应该这样。”

“还没完呢。”波比警告道。本抬眼就看到又有一只小幽灵在走廊尽头现身了。

“你有几支箭？”波比问道。

“不够多，”本说道，“我们直接动手捅吧！”

本跑过红毯，在小幽灵察觉到他的存在并反应过来前用剑打中了它。之后，他往后站了站，举起盾，待在它的触及范围之外，观察它的攻击方式。与此同时，波比溜到它后面。这只幽灵被困在他们二人之间，已经是待宰的羔羊。

“你看到它是从哪里来的了吗？”本问道，“它是凭空出现的吗？”

“不是凭空出现的，”波比说着把手按在墙上，“它是从这面墙里出来的，但是这里没有门。”

“好吧……”本说道。

“我知道。”波比浅笑着收起剑，拿出一把镐，“我不能再像居民一样思考了，对吗？”

就在波比刚挖出一个缺口之后，本便高举着剑跑了进去。不管墙的另一侧是什么，他都觉得出其不意就是关键。

不过在里面看到一个身影之后，他犹豫了。那个人睁大眼睛看着本，发出受惊的声音，然后举起了双手。本马上看到他手里没有任何武器。这个陌生人是被困在这个又小又黑的房间里了吗？他需要帮助吗？

“唔，你好！”本说着放下了剑，“这里一切都好吗？不好意思，打扰了……”

陌生人面部扭曲，露出毋庸置疑的充满攻击性的神态。本突然明白了，他举起双手并不是表示投降——他双手空空是在召唤什么恐怖力量。

“混球儿——他在施展法术，”本压低声音说道。他冲了过去——但太晚了。随着一声令下——这声音听起来有点儿像“哦啰啰”——那位施术者便变出一圈陷阱，其中一个刚好出现在本脚下。它啪的一声合上了，把本困在原地。这疼痛让本难以忍受。

在痛苦中迷离的本责备自己放下了戒心。这是波比的错——在他最不该分心的地方影响了他。现在，她那种先礼后兵的做法会让他丢掉性命。

一支箭从他耳边呼啸而过，插在施术者的肩上。他惊讶又痛苦地叫了一声，然后转身逃跑了。

陷阱松开了本，他踉跄着倒在地上。“射得好。”他痛苦地咬着牙说。

“谢谢，”波比说道，“我只是试着做了和你刚才所做的相反的事，目前为止做得还不错。”

“我的荣幸。”本喘着粗气，摇摇晃晃地站起来。那位施术者——本现在知道了他是一名唤魔者——是个危险的敌人，但他只穿着一件轻薄的长袍，所以也很脆弱。唤魔者想逃走，但这个房间没有其他的出口。本和波比把他逼到了角落里。

这一次，本毫不留情。邪恶的唤魔者已经被逼到了墙边，本挥起剑，而波比则在一段距离之外继续射箭。敌人终于倒下化为一片尘埃。

“他掉了一些战利品。”本说道，坐到了地上，“你去拿一下，好吗？我需要吃点儿东西恢复体力。”

在本啃着一块西瓜时，波比弯腰捡起了陌生的战利品。“这好像是个娃娃，”她说道，“看起来有些眼熟，我是在哪里见到过吗？”她举起来给本看。那是个金色的雕像，呈人形，有明亮的绿色眼睛。

“我从来没见过这样的东西。”他说道。

在刚才的打斗中波比松开了拴着约翰尼的绳子，约翰尼晃过去闻了闻战利品，发现了这东西不能吃，便走开了。

“等一下！”波比说着，先把雕像放进背包，然后拿出女巫的配方书翻起来。“啊哈！”她指着翻开的一页说道，“就在这里。这好像是魔法遗物。这里有一幅画，上面画了一个打叉的骷髅头。”她抬头看着本，“也许这是个对付骷髅的武器？”

“听起来很有价值，”本说道，“我们先留着它吧。”他感觉自己的力量恢复了,但关于尖牙的记忆挥之不去。“谁知道我们还会在这里遇到什么。”他说道。

结果，他们在继续探索府邸的途中没有遇到任何危险。而且，除了在一片室内农田里收获了一些西瓜之外，他们也没有找到其他任何战利品。

“把这里洗劫一空的人肯定没发现那个隐藏的房间，”本说道，他们现在正站在一楼的大厅里。“除此以外，他们还挺厉害的。”

本带着波比和约翰尼出了正门，来到被深色橡木环绕的圆石门廊。树冠延伸到府邸的侧墙上，就算是在白天，阴影也深邃无边，保护着约翰尼不被阳光直射。

本的目光被一抹红色吸引，它在府邸外部阴沉的色调之中格外显眼。有人在门口插上了一面旗帜——一面长长的红色旗帜，上面印着骷髅头和交叉骨。

但这不是本带他们来这里的原因。他再次抽出剑，然后奋力探出身砍开树冠。树叶散落，树枝折断，过了一会儿，一个东西从断裂的枝叶中掉了出来。

本俯身把它捡了起来，然后拿到波比面前。那是个完美的、色泽鲜亮的红苹果。

“如果我们找不到金苹果，”他告诉她，“那我们就做一个。”

第二十二章

他们要再深入一些。

“更深？”波比说道，“我觉得我们已经挖了好久了。”

就像她从来没有机会考虑自己是不是恐高一样，波比也几乎没去想过自己是不是有幽闭恐惧症。她曾经挖过一些煤，而且在地下隧道中行进和扎营时也没有很强的不适感。

本挖出的洞在沼泽边上。

但这次不一样，她的头上悬着一块又一块的泥土，让她很难呼吸到新鲜空气。波比试着不去想这件事，但这就和忍住不去看末影人一样难。她的思绪总是游离到那些令人感到拥挤和窒息的想法上。

本继续挖掘着。“越深越好，”他说，“其实到处都可以找到黄金，但是黄金在比这更深一点儿的地方更常见。”

本在地下的岩层中挖出了一条狭窄的向下的隧道，像一条又陡又简陋的楼梯。

在他的指挥下，波比沿着隧道一路插下火把，捡起他在挖掘中掉出来的煤块。

“我们配合得真好！”她轻快地说。

“确实，”他边喘气边说，“工作最轻松的人总是这么说。”

“哦，我不小心松开了约翰尼的拴绳。”波比说道。

“什么？！”本说着，猛地转身，像握剑一样握住了镐。

“开个玩笑！”波比轻快地说，“不过如果你想和我换换做，随时可以告诉我。”

本给她使了个难看的眼色：“我还是继续挖吧，谢了。”

终于，本挖着进了一个洞穴里。狭窄向下的隧道扩大，成了有波比房子那么大的地下空间，但这里边缘粗糙不齐，还有一条长长的漆黑的通道。波比动作很快，在周围插满了火把。

“注意点儿，”本说道，“如果用完了就麻烦了。”

“我还有木头和煤，”波比回复道，“如果需要，我还可以做出更多。现在往哪里走？”

“其实，这就是美妙之处，”本说道，“因为没有错误的答案。”

“听起来更像是没有正确的答案。”

“没有选择必然会成功。这就是冒险！”他举起镐，“开始挖吧，看看你能找到什么。”

波比按他说的挖起来。不过她没找到什么，只看到安山岩、闪长岩、花岗岩……

很快，她的背包里就装满了各种石头。

“把那些石头随便丢在哪里都行。”本告诉她。

“什么？你的意思是乱丢垃圾吗？”波比摇摇头，“这样真的让我不舒服。”

“这不是乱丢垃圾！”本坚持道，“只是放回去。”他叹了口气，“你可以把它们摆成好看的样子，如果那样能让你感觉好一些。”

波比开始把这些石头摆成一根根小柱子，而约翰尼轻轻拉着拴绳，无聊地吼叫着。

很显然，本被这声音打扰了，变得不安起来。

“吼叫声对我来说总是危险到来的第一预兆，”他说道，“所以他让我有点儿心神不宁。”

“你还有更多的骨头可以给他啃吗？”波比问道。

“你太宠他了。”本说着，跺着脚走向洞穴中一个黑暗的角落。他在那里插了一根栅栏柱，然后跺着脚走回来牵过了约翰尼的拴绳。

“小心点儿！”波比说道。

“我知道。”本说着，把拴绳绑在了栅栏柱上，“他待在这里就行了。至于那边……”本走到波比对面，在一支火把下面放了一个箱子。他是在萨凡纳拿到那个箱子的，当时他觉得之后一定会用到它。“我们可以把现在用不到的东西放在这个箱子里。这样我们就不会乱扔垃圾了，而且这样背包就有了更大的空间，可以装下我们找到的好东西。”本说道。

“有道理。”波比说道。她打开箱子，在里面装上了石头、煤、木头和绿宝石。她留下了女巫的配方书、贝壳，还有从唤魔者那里拿到的奇怪雕像，加上自己的铁剑和镐——这两件物品都有磨损。

在此之后，她马上继续挖起来，发现了更多的石头，更多的煤。突然间，一道金光在一片灰色中闪烁。

“我好像找到黄金了！”波比激动地说。

本看向她。“不，抱歉，”他说道，“那是铁。”

波比郁闷地哼了一声。

“铁非常有用！”他说道，“我们的工具不能一直不换，所以找到多少铁就要拿走多少。”

“既然你这么说了。”波比说道。她努力让自己不要泄气，但做这件事花的时间已经超过她的想象了。这是一个困难的、单调乏味的工作，而且这个洞穴给人的不安感，甚至比“鬼屋”还强。

那里至少看起来是可以居住的——是为人们准备的地方——有吊灯、书架和椅子。在地下，她觉得自己侵入了一片不适合自己的地带——一个对她漠不关心的、寒冷的异界。这里的静寂尤其让她不安。

静寂……为什么这里突然那么安静?

波比从她挖的小洞里钻出来，看向本拴着约翰尼的地方——栅栏柱还在她记忆中的地方，但她的弟弟已经无影无踪了。

“约翰尼不见了！”她喊道。

“你说什么？”从洞里钻出来的本问道。他看到了空空如也的栅栏柱。“哦不，”他说着，焦急地朝四周望着，“他可能会出现在任何地方，他随时都可能攻击我们！”

波比愤怒地哼了一声：“更重要的是，我的弟弟可能会永远迷失在地下！永远！”

“哦，对。”本怯怯地说，“是啊，那也会很糟。”

第二十三章

“往好处想，”本在他们奔跑时说，“作为一只僵尸，你的弟弟应该不会被怪物攻击。记得那只末影人吗？它好像没注意到他在看着它。”

“这算件好事，应该算吧。”波比说道。

“是啊,”本说道,“你真正需要担心的是环境中的危险。比如，他可能会掉进熔岩里或者峡谷里，或者爬出去晒到太阳，或者——哦，这下就糟了——如果另一位冒险者找到了他怎么办？”

“本，不要让我感觉更糟了，”波比说道，“拜托了。”

他们沿着一条自然形成的岩石隧道奔跑着。这里的地面不平整，他们每跑几步就要往上或者往下跳，而且波比边跑边检查两侧的岔道，同时每隔十几格就插上一支火把，所以她很难顾及脚下。

“我们快没火把了。”她警告道。

“我告诉过你了！”本这句话并没有帮上忙。

他们的好运耗尽了，就像她担心的那样。那条直直的隧道通向了一个丁字路口，向两边岔开。

“走哪边？”波比说道。

“我怎么知道？”本说道，“你弟弟更喜欢哪边，左边还是右边？”

“他没有更喜欢的方向。”波比说，然后喊道，“约翰尼！约翰尼，你在哪儿？”

回应她的只有一片寂静，然后是一声低沉、颤抖的吼声。回声让分辨声音是从哪边传来的变得困难。

“这边，”本说着，转向了右边，“我听到他的声音了。我看到他了！”本向昏暗的光线中蹒跚而行的身影靠近。它背对着他们，漫无目的地沿着隧道摇摇晃晃地前进。

“本，停下！”波比喊道，“那不是约翰尼！”

本在那个身影转过身时退了回来。那是一只僵尸，但不是他要找的僵尸。

波比快步超过了他，挥剑将那只僵尸暂时击退。但它的注意力现在在她身上了，它开始接近她。

本从后面朝它扑来，向它挥剑，这重新引起了它的注意。波比退到后面，看着他专业地把握着每一次攻击时机，一边躲过僵尸的攻击一边朝它进攻。不出几下，那只僵尸就碎成了尘埃。

“那看起来根本不像约翰尼。”她说道。

“你在开玩笑吗？”本说道，“你现在能分辨出不同的僵尸了？”

“那个家伙快有我弟弟两倍高了！”她说道，“而且他身上没有拴绳，他的鼻子也长得完全不一样。我还要继续说下去吗？”

“请，”本说道，“不过我们能边跑边听你说吗？”

他们沿着脚下的路继续前进，但马上碰到了死胡同，那是一面不规则的土墙。

“混球儿，”波比说道，本则是啧了一声。

“我觉得我可能把你带坏了，”他说道，“来吧，走这边。别担心——我们会找到他的。”

他们转过身，沿原路回到丁字路口，转向另一条路。

“我只有三支火把了，”波比警告道，“而且我们找到的煤几乎都没有带。”

本默默地骂了一句，“好吧。我现在要沿着我们来时的路往回返，拿下来一些之前插在墙上的火把。”

“我们还不能回头！”波比说道。

“我们不会的，我保证，”他说道，“但我们需要照亮这里。我只是要往回走一会儿，一分钟就好。”

“但是——”

“我们吵得越久，他就会走得越远。”本往身后说道，他已经开始往回走了，“待在这里！一会儿我就回来了。”

本转过一个转角，波比突然间变成独身一人了。这里的静寂、黑暗，她头顶的石头，还有她心里的石头——这些都压得她喘不过气。她努力不望向眼前的黑暗，不去想象视线之外有些什么。

不过，约翰尼其实就在她前面。

她往前迈出一步。至少她还有三支火把，她可以在等待本回来的时候取得一些进展。

她等待了很久才在黑暗中点燃下一支火把，她决心要充分利用自己突然间短缺的资源。她本来可以间隔久一点儿再点，但是她从来没想过这么快就用完了。

人们很容易认为自己拥有各种东西是一件理所当然的事，真是好笑。

就在缓缓向前时，她听到前方传来了奇怪的声音，听起来有点儿像咔咔声，就像装在袋子里的干燥石头在互相碰撞一样。

突然间，什么东西飞向了她。如果她不往前瞟，肯定看不到。不过即使她看到了，也很难躲过。

她转过身想看看那是什么。一支箭插进了她身后的岩石中。有什么在朝她射箭。

她猛地转过身，看到一只骷髅在黑暗中现身。

这一次，她已经准备好了剑。她看过本与僵尸战斗的样子，他会精确地把握攻击的时机，每次都在僵尸冲到他身边时出手。她在面对苦力怕时曾用过相似的技巧，面对骷髅，她也可以这么做。

不过骷髅并没有靠近她的意思，它举起弓瞄准后射出一箭。这次，波比没有及时躲开，那支箭划过了她的手臂。很疼。“过来和我打！”她挥舞着剑怒吼着。

它瞄准着，已经搭好了另一支箭。

波比明白自己要换一个策略。如果骷髅不接近她，那她就……波比举着剑往前跑去，发出一声嘶哑的吼叫。

骷髅射出了箭，再次伤到了她，但这没有让她停下。只过了一秒，她就来到了骷髅面前，愤怒地一下接着一下胡乱进攻它。它成了碎片，只留下了一根完整的骨头和两支箭。

波比听到脚步声后转过身，看到本正向她走来。“本！”她说道，“我刚刚击败了一只骷髅。”

本睁大了眼睛，然后突然朝她直直地跑过来。“你落下了一只！”他说道。

“什么？”

波比还没听懂他的话，本就推倒了她，他们一起倒到石地上。她正要抱怨，但马上一支箭呼啸着从他们头顶飞过。

“哦——”她说道，然后转向隧道黑暗处。她看到了另一只骷髅，它已经举起了弓，蓄势待发。它身边还有一只，两只……

“这里可真是有不少骷髅，”她声音凄凉地说，“我们该怎么办？”

“不要死。”本回答道，然后沿着隧道向前奔去，他每接近一次骷髅刀光便随之闪现。

波比也照着做了，因为攻击骷髅总比在后面被骷髅攻击好。

在她前进时，她发现了一个跟在骷髅后面的奇怪物体。它看起来像一个小铁笼，里面燃烧着一小丛火苗。

“我来解决骷髅，”本在挥剑的间隙对她说，“你用镐破坏那个刷怪笼！”

“刷怪笼？”波比重复道。

“那个笼子一样的东西！如果我们不除掉它，它就会继续带来更多的骷髅，到时候我们就招架不住了！”

波比并不喜欢这样的情形。她快步穿过骷髅群——至少现在，它们的怒火都指向本——然后对着刷怪笼挥下镐。几下之后，它就碎了。

她想转身跑回去帮助本，不过她看到前面出现了另一个身影——一个她觉得自己认识的身影。她放下火把，随着火把的光驱散黑暗后，她已经非常肯定了。

“约翰尼！”她喊道。

她的弟弟游荡到了一条湍急的地下河的边缘。在听到她的声音之后——他听懂自己的名字了吗？——约翰尼便转过身看着她。但他转身时动作太快了。他脚下没站稳。

波比惊恐地看着自己的弟弟掉进汹涌的河流后，马上被水流冲走了。但她只停了一秒，就马上以最快的速度往前一头扎进了水里。

第二十四章

波比努力把头露出水面。

这是个必败的局面。这里的水流异常湍急，河流在黑暗的地下曲折蜿蜒。波比连哪边是上面都不知道，怎么能找到水面呢?

而且，在这一片混乱之中，她要怎么找到约翰尼?

过了一会儿，虽然河水依旧汹涌，但黑暗开始消散，一道怪异的橙色光芒照亮了洞穴。

她只希望那不是阳光。这里没有东西可以保护弟弟。

然后，突然间，就在波比开始思考自己是不是被冲进了海里时，水流平静了下来，狭窄的河流扩展成了一片宁静的地下湖。

在那怪异的橙色光芒中，波比可以看到约翰尼就在附近挣扎着游动。这个可怜的家伙原来是在试着咬水，就像他可以和水战斗或者感染它，让它变成自己一样。她从后面抓住了他，小心地避开他的牙齿和手，然后把他拖到了岸上。

波比抓住了他的拴绳之后，瘫倒在了干燥的石地上，约翰尼也是如此。“坏孩子！”她上气不接下气地说道。她有些安心，因为她知道了约翰尼还是喜欢到处游荡，这是她所认识的约翰尼没有变的又一个证明。

波比继续四仰八叉地躺在地上，这样她能喘口气。就在她躺着的时候，一个声音盖过了水声。

“哎哟！”那个声音说，“混球儿！”

波比迅速起身，看到本正往他们这里游来。波比伸出一只手，本抓住爬上了岸。

“可真难受。”他说着，大口大口地喘着气。

“你跟着我们来了！”波比说道。

“是啊，当然。”本说道，“我为了更少的报酬干过更傻的事，”他扑通一下躺到地上，“不过也不是太傻。”

“好吧。”波比说道。她总是忘记为什么本会在这里。

她转身望着那条河，然后便看到了洞穴中那道奇怪的橙色光芒的来源。那是熔岩——整整一池的熔岩，正在几步之外的地方翻滚沸腾。这一幕让她喘不过气。

本抬起头顺着她的目光望去：“你看起来就像从来没见过熔岩一样。”

“我没有，”她说道，“只在书里见过。这真漂亮。”

“从远处看，应该吧。但不要碰它。”本说道，然后转向约翰尼，“你更要加倍小心，你这个傻瓜夜猫子。”

约翰尼张开嘴刚想吼叫，一嘴的河水就流了出来。

“那面黑色的墙，”波比说道，“那个分开了水和熔岩的东西，是黑曜石吗？”

“是啊。那是很有用的东西，因为它可以挡住熔岩和爆炸。”本回答道，“它有时会在水和熔岩接触时形成。我想说我们应该去挖些，但是我们的铁镐不太行。”

他站起身：“而且在离熔岩那么近的地方挖掘可能会有一些困难。有一次我的鞋子点着了，然后我只能跳进一片湖里。”

正在往墙边一点点靠近的波比，突然往后退了一大步。

本笑起来。“好消息是，光照可以防止怪物生成，我们不需要火把了。”他揉了揉肩膀，“我们得休息了，也许该吃点儿什么。我不知道你怎么样，但是我在那边中了好几箭。”

与此同时，波比用手里的最后一块煤点燃了一堆篝火，本摆出了他们的床，然后用圆石把它们围了起来。没过几分钟，他们就有了一个露天的、带有简单门窗的房子。

波比望着眼前的景象拼命地眨着眼：“你……你在我把铁靴子里面的水抖出来的一会儿工夫里，就建了一栋房子？”

“好吧，确实，但它挺简陋的。”本说道，就像这真的没什么大不了一样，“而且我的背包里还有很多石头，所以何乐而不为呢？”

“你要是在平原镇肯定能帮上大忙，”波比说道，“我能做的只有让我们的栅栏保持完好。”

“说到栅栏……”本说着，把一根栅栏柱插在房子外面的地上。

“那是给约翰尼准备的吗？算了吧，”她说道，“我不会让他再离开我的视线了。我们可以把这根柱子放在里面，拜托了。”

“但是……”本回头看着房子，然后叹了口气，“好吧。但是我得拆掉一面墙，让这个地方变得更大。我可不想让‘邪恶小宝贝’在我睡觉的时候在我的床边游荡。”

又过了一分钟，本对这个他和约翰尼可以共享的、足够大的内部空间感到很满意。波比把拴绳绑在了房子一个角落里的柱子上。同时，本拿出了一些自己准备的，以备不时之需的食物。他有点儿吃腻西瓜片了。

“对了，我……很抱歉他跑掉了。”他说着，把一片猪排架在火上。他转过身看向波比：“我一定没绑紧拴绳，但是我保证，这只是个意外。”

“我知道，”波比说道，“我没有怪你。但这件事让我感到不安，我们治疗他花费的时间越长……就越有可能有什么坏事发生在他身上。”

“什么坏事……”本重复道，他浅浅一笑，“就是说，还有比变成一只无脑的僵尸更坏的事。”

"他并不是无脑。"波比说道。她转过去看着自己的弟弟，发现他正眼神空洞地盯着墙，还在流口水。"而且，没错，有比变成僵尸更坏的事。"她的声音缓和下来，"至少变成僵尸是可以治疗的。有许多不好的事是不能挽回的。"

"是啊，有道理。"本说道。他往上看向他们的小堡垒墙外的地方。熔岩的亮光照亮了他们头顶上的空间。"我们明天会找到黄金的。我确定。"

在这之后，他们在熔岩和逐渐熄灭的篝火的光亮中无言地吃着东西，各自想着明天会怎样。

约翰尼生吃了他的猪排。

第二十五章

本不该许下他无法兑现的承诺。“我们明天会找到黄金的。”他是这么说的，而且他那时那么确定。

不过，波比曾经也很确定弟弟不会在他们睡觉的时候吃掉他们，而这一点现在也有待观察。本被约翰尼令人不安的吼声和咕哝声吵醒了，他正拉扯着拴绳。波比坚持认为他只是太无聊了——因为僵尸其实不会睡觉——但本觉得这个“矮脚地狱人”看起来是饿了。

他们决定在开始一天的采矿工作前离熔岩远点儿。他们来到一个溶洞，这里四处悬着湿漉漉的巨大钟乳石。本总觉得它们在上面看起来像对准他的尖牙。

在挖了几小时之后，他们的努力并没有得到什么回报。他们只发现了几块粗铜、一些铁，还有很多煤。这些东西并不是没有用，只不过不是他们要找的东西。

“我不明白，”本说道，“我有过运气不好的经历，但这也太离谱儿了。”

“我好像找到了什么。”波比说着，示意本跟她转到一个堆满石头的角落。被绑在柱子上的约翰尼吼了一声，待在原地。

波比找到了一个富有光泽的紫色腔室，这里的东西在火把的照射下闪闪发光。“这是个紫晶洞。”本说道。“这里应该会有一簇一簇的水晶，”他用手划过平整的紫色表面，“但它们都已经被人收集走了。”

“不过我找到了一块，”波比说着，拿出一块紫色的水晶碎片，“它就在地上的一个阴暗处，好像没人看到一样。”

“在阴暗处？”本说道。

“是啊，还有一件事，”波比说着，指向一支火把，“那不是我放的。这……正常吗？”

这不正常。

但这确实解释了一些其他的事。

“这和在林地府邸遇到的情况是一样的。”他说道。“有人已经来过这里了。他扫荡了这片地方，把好东西都拿走了。”他摇摇头，“能搜得那么彻底，也许是一群人。”

“所以我们没戏了？”波比说道，“所有的金子都没了？”

“我们会找到金子的，”本说道，虽然他已经下定决心不再许下承诺了，“我们只要到比我计划的再远一点儿的地方就行了。我可以看看那块紫水晶碎片吗？”

波比把它递过去："这有什么价值吗？"

"它很有用，"本回答道，在手里摆弄着它，"有了这个，加上我之前挖出来的铜，我们就可以制作一个望远镜了。"他把紫水晶碎片放进背包里。"我不想在地下待那么久，而且刚才的'小河之旅'让我转了好几个弯，我觉得该回到地面看看我们在哪里了。"他耸了耸肩，"也许我们能找到一个恶地[①]。在那里，有时在山丘上可以找到黄金。"

"听起来不错，"波比说道，"只是……"

"什么？"本问道。

"你得把这个坏消息告诉约翰尼，"她说着，从背包里拿出那个雕刻过的南瓜，"他很讨厌这个东西。"

回到地面的旅途比挖出一条向下的通道花的时间更久。为了避免盲目地向上挖开石头，遇到熔岩流，本选择阶梯式地向上挖掘。他们所在的地方很深，这让完成这件事花了不少时间。而哄着约翰尼一阶一阶地上楼梯则花了更长的时间。到最后，波比几乎是拽着他和那个南瓜往上走的。

如果本不知道实情的话，他可能会觉得僵尸男孩在闹别扭。"别垂头丧气的。这南瓜真的很适合你！"本对他说，"它真的很好地衬托了你那双血红色的小眼睛。"

约翰尼边吼边朝着本的方向张牙舞爪，本笑起来。

"请不要再嘲讽他了！"波比对本说道。"还有你，"

①我的世界中的一种生物群系，通常被沙漠、热带草原和海洋包围。

她转向约翰尼说道，“不要打人，不要抱怨。让你戴上南瓜是为你好。我们完全不知道外面是白天还是晚上。”

当本终于破开土层，感受到照在脸上的阳光时，才松了一口气。“啊，甜美的阳光！”他说道，“我都快要忘记这种感觉了。”

波比飞快地眨着眼。“我也是，”她说道，“我感觉自己这几天一直憋着一口气。”

“这里没什么好怕的——在有太阳的时候没有。”本说着，跳到草地上，向她伸出手。“没有幻翼，没有骷髅，没有僵尸……除了我们的伙伴约翰尼。”随着约翰尼跟在波比身后爬上来，他补充道。“只要那个黄色的方块还在照耀着我们，就不会有不死生物。”

“那我们赶快动身吧，”波比说道，“因为据我的经验，天气可能会在眨眼间说变就变。”

不过，在三人继续向上爬时，天气依旧晴朗。本明白，他们必须到高处才能了解附近的地形，而幸运的是，主世界为他们提供了这个机会，那就是附近有一座山。附近有一座有些陡峭的山。“又要上上下下的，”波比抱怨道，“冒险者的生活真是辛苦。”

“想想你弟弟的感受，”本说道，“他是第一只需要遵守一系列规则的僵尸。”

“而且他真的做得不错。”波比说着，拍了拍他圆圆的橙色“头盔”。

他们终于来到了山顶。本马上动手，放下一个工作台，把材料放在一起，然后——被一个雪球砸中了脸。

“呸？！”他说道。

冰冷的空气中幽幽地传来波比的笑声：“本！雪！是雪啊！”

“我知道，”本说着，擦掉脸上的雪，“而且我现在还尝到了。有什么事吗？”

接着，他便看着她在雪里蹦蹦跳跳，然后欢脱地四处打滚儿。这让他明白了什么。“你以前从来没见过雪？”他问道。

“没有！”波比说着，笑了起来，“这东西有点儿不可思议，不过肯定比熔岩强！”

“还行吧！”本虽然这么说着，但还是笑了笑。他见过很多次雪了，仔细想想，他可能把它当成一种阻碍。不过看着蹦跳的波比，本不难想象，在她看来，雪确实是一种神奇的东西。

就连被绑在柱子上的约翰尼，看到在脚下嘎吱作响的雪之后，好像也被迷住了。

波比又朝他丢了一个雪球，他躲开了。“不公平，”他笑着说，“我没有锹！”

“谁说过我想要公平了？”她吐着舌头说道。她将一个雪球轻轻地朝约翰尼丢去，看起来他对眼前发生的事感到十分疑惑。

本继续着手上的工作，将铜和紫水晶碎片做成一个能用的望远镜。新工具做成之后，他便站到山顶上，朝远处望去。波比气喘吁吁地越过雪地站到他身边。

她猛吸一口气。“主世界……真的很大，”她说道，“从这里看过去，就像制图师黑文的一张地图一样。”

“这不算什么，”本说着，透过望远镜望去，“我已经探索许多年了，到过的地方甚至还不足主世界的几分之一。它比我想象的还要大得多。”

本把望远镜递给她，看着她转来转去地望着各个方向。“我没有看到恶地，”他告诉她，“不过有一些我们也许可以去看看的生物群系。我看到了一片沙漠，如果那里有金字塔，我们就能找到一些不错的战利品。”

“那，那个小镇怎么样？”波比说道。

“小镇？在哪里？”

“那里，”她说着，边指边把望远镜递给本，“在树的后面。”

“我现在看到了，”本说道，“眼真尖。不过——那是什么？”在小镇的后面，矗立着一座高耸的、毫无特色的灰色石碑，本甚至不用望远镜也能看到它。那座石碑巨大，显得格格不入。

“你觉得绕点儿远路怎么样？”他问波比。

“那里的人们可能需要帮助，”她说道，“所以，我们尽量多绕绕。”

第二十六章

本决定不抱太大希望。远处的那个小镇几乎肯定和他找到的另外两个小镇一样，已经是一片狼藉了。

不过，平原镇给本带来了意外收获，那就是波比。也许这个小镇也会有幸存者？也许他们就算在废墟中也能找到一位新的伙伴？

不过在他们靠近小镇的路上，本一直把那个最大的谜团放在心上。“你看到了吗？”他问道，“那座灰色的石碑，在小镇后面的那座。”

波比向前看去，目光越过那些引人注目的、由云杉木和石头构成的建筑，落在矗立于小镇后面的怪异的原石方盒子上。

“我看到了，”她确认道，“能弄清楚那是什么吗？”

“我和你一样一头雾水。”本叹了口气，然后掏出了剑，“不过我们要再次准备面对困难了。”

一圈栅栏围住了小镇，这看起来也很奇怪，虽然本经常在想为什么那些小镇不在周围修筑一些防御工事。在这个危机四伏的主世界里，在自己和怪物们之间建起一道屏障，这是很合理的一件事。

不过本发现，这一圈栅栏并没有门。这让他感到疑惑——这是为了把不速之客挡在外面吗？

还是说，是为了不让里面的什么东西跑出来？

波比毫不犹豫地砍开了栅栏。“看看你，”本说道，“几天就从栅栏修理者变成了栅栏破坏者。”

“没错，正是在下，”波比说道，“栅栏惩治者波比。”

不过本注意到，在他们都走进去之后，波比修补好了栅栏破损的部分。

他微微一笑。他其实不想让她改变，至少不要改变太多。

“这场面我实在是太熟悉了。”本说着，走近离他们最近的建筑。它的门已经不在门框上了。

波比再次变得神色凝重，什么都没说。

“没错，”本确认了屋子里的箱子是空的，“看起来和之前发生的事一样。”

“等等，”波比说道，“这次有些不一样。”

本看着她缓缓地转圈，端详屋子里的陈设。她眯起眼，显然是努力想表现出疑惑。

终于，她眼前一亮。“床，”她说道，“这里没有床。”

“这可真奇怪，”本说道，“上一个村庄里的床也不见了吗？”

“反正我没发现。”波比说道。

“我们看看下一家。”本提议道。

下个屋子的情况如出一辙，下下个屋子也是这样。整个小镇中没有居民，没有战利品……也没有床。

他们在探索的途中，逐渐接近着建筑。

“别再等了，”本说道，“我们得看看里面有什么。”他沿着边缘走起来，然后停在了第一个转角，在这里他可以看到这个四面建筑的两面。“我没看到窗户，不过有一扇门。”

波比和约翰尼紧紧跟在他身后，来到那扇铁门前。他把耳朵贴在门上。

“有什么动静吗？”波比问道。

本摇摇头。“门太厚了。”他看了看门旁边的按钮，“要打开吗？”

波比把约翰尼绑到柱子上。“你老实待在这里，”她说道，“我们一会儿就回来。”然后，在她的示意下，本按下了按钮。他们马上听到了建筑里的回响声。这声音听起来像居民——而且他们好像处于困境。

这声音驱使着波比加快脚步超过了本，他便跟在她身后。

“小心！”她告诉他，伸出双臂防止他冲上前。

本发现他们正站在一个悬在深渊之上的狭窄石头平台

上，他感到一阵头晕目眩。这片空间的四周插着许多火把，为这个没有窗户的地方提供了光照。不过下面也传来了光亮，本看出那是熔岩的标志性光芒。

他们所在的平台有一段楼梯通向下面，不过他们没有在意。因为，在他们的正前方，这片空间的中心，有需要他们马上关注的东西。

“僵尸。”本说道。

一共有两只僵尸，而且它们马上就发现了本和波比。它们号叫着，张牙舞爪地往前走——但被围住它们的栅栏挡住了，这圈栅栏把它们围在了一个单独的平台上。没有脑子的僵尸们看起来并不明白自己被圈在了栅栏里，而且永远碰不到本和波比这件事。

除此之外，建筑里只剩下几个牢笼——一共有四个，每个角落里都有一个。本可以看到这些牢笼的内部，因为它们是用玻璃建造的，像巨大的鱼缸，但里面装的不是鱼，而是人。每个玻璃“牢房”里都关着五个居民，每一个居民身边除了床，没有其他东西。

波比吸了口气：“我们得把他们救出来。”

“我和你一起，”本说道，“不过我们得小心一点儿。”他俯瞰着自己所站平台下面发出亮光的熔岩。

他们考虑了一下是否要搭建一条延伸到玻璃“牢房”边的通道，但眩晕感快要让本撑不住了。最终，他们决定从另一个方向解决问题——先回到外面，然后挖开建筑的外墙进入那些“牢房”。

饱受折磨的居民们互相哼哼呀呀着，也朝本和波比哼哼呀呀着，大声地表达着他们的解脱感和感谢之情。

“一个一个来，谢谢。”波比说道，“我们是来帮忙的，但是我们得知道这里发生了什么。”

发现自己无法和居民沟通的本溜走了，回到了建筑内部。他慢慢地沿着内部的楼梯走了下去，他很好奇这段楼梯通向哪里。

他在下面找到了一池熔岩，这并不让他感到惊讶。让他感到惊讶的是，他看到里面有什么在动。这让他感到恐惧。

那是一只铁傀儡。它着火了，一边燃烧一边拼命地把头伸出熔岩。

本下意识地想伸手，但他又能做什么呢？就算能碰到它，他也会在摸到它之后葬身烈焰。

而且他来得太迟了。此时，它眼里的光已经熄灭了。它熔化成了碎渣，只剩一抹银色在炽热的橙色光芒中旋转。

楼梯通向更深的地方，本也往更深处前进。在玻璃制成的熔岩池之下，有一串漏斗。这些漏斗经过调整，可以分拣从上方落下的物品，就像一条输送管道。这些漏斗会将物品输送到一个箱子里。

本打开了箱子，他已经差不多知道自己会找到什么了。

他的猜测是对的，但物品的数量让他震惊不已。

他在箱子里找到了整齐堆放着的铁锭，几千块铁锭。

这个地方被建造出来的目的只有一个：收割铁傀儡身上的铁。这里有几千块铁锭，那就意味着曾经有几百只铁傀儡像本刚才所见的那样葬身火海。

想到这些，他心情沉重。

“本？”一个声音传来。他转过头看到正在楼梯上看着自己的波比。“你找到什么了？”波比问道。

“铁锭，很多铁锭，”他说道，“那些居民肯定一直都在不停地造铁傀儡。他们告诉了你什么吗？”

“根据我的了解，这里遭遇过一次僵尸袭击。居民们试着逃跑，但是有人在整个小镇周围搭建了栅栏。他们被赶进了这栋建筑，然后被关了起来。他们已经被关在这里好几周了。”

“那他们感觉如何？”

波比皱起眉：“他们很害怕。”

“这就是为什么那些僵尸也和他们一起被关在了上面。”本说道。“玻璃墙让居民们一直感受到僵尸的威胁。他们只要有这种感觉，就会造出更多的铁傀儡。”他指着熔岩池，装在玻璃容器里的熔岩就好像飘浮在他们头顶一般，“铁傀儡们被熔成了渣，这些漏斗会把它们留下的东西输送到箱子里。”

波比的嘴巴挤成一条线。“真是典型的冒险者作风，”她说道，“他们就喜欢掠夺居民，不管他们的死活。我看到过太多这样的事了。”

本觉得自己可能该道歉了。不过他从来没做过这么过分的事——虽然从某种意义上说，这是个很聪明的做法。

“居民们知道这是谁干的吗？”他问道。

“干这些事的至少有两个人，”波比回答道，“他们每过几晚就会回来收集铁锭。”她顿了顿，然后补充道：“事实上，他们今天晚上就应该会回来。”

“这是个好消息。因为我很想见见他们。不过首先……”他打开箱子，拿出一把铁锭说，“我觉得我们早就需要一些新装备了，你觉得呢？”

第二十七章

本努力不去想他的新盔甲是从哪儿来的。铁傀儡在他眼前熔化的场景仍让他心有余悸，但毕竟没有办法让它起死回生。而且，如果他们自己用掉这些铁锭，也相当于从建造铁厂的主谋手里夺走了这些战利品。

不过，当听到他们说话的声音时，本马上觉得“主谋”这个词对他们来说过誉了。

晚上，本和波比在距离铁厂最近的屋顶上往下看。从他们所在的瞭望点，他们可以清楚地看到铁厂，但铁厂里的人想发现他们却不容易。他们把约翰尼安全地放在了更远的路旁的一间屋子里，在那里，他的吼声不会引起注意。居民们被他们藏在了小镇神庙里新修建的一面墙后面。如果有人想去找他们，只会空手而归——除非他完全了解神庙的结构。

而今天前来收集铁锭的二人组在本看来，完全不了解任何情况。

“哥们儿，”其中一人看着铁厂墙壁上的好几个洞说道，“发生什么了？”

“看起来不妙，”另一人说道，“去里面看看。”

“你去里面看看。”这是他得到的回复。

终于，他们中的一人走了进去。本静悄悄地挪到屋顶的边缘，以便更清楚地看到留下的人。那是一个女孩，而且她看起来很壮实，手臂肌肉发达，有着一双冷酷的眼睛。她握着一把钻石斧。

在本和波比的眼皮底下，另一个人从铁厂里出来了。他很健壮，充满了活力，时刻蓄势待发，就像一根绷紧的弦。他拿着一把弩，皱着眉。“不好了，小斧，”他说着，不停地蹦来蹦去，“我们被抢了。”

“这是什么意思？铁锭也没了？”

“是啊，”他说道，“居民们不见了，铁锭也不见了——那下面只有一个空箱子。”他耸耸肩，“僵尸们还在。”

“好吧，这至少是件好事，”小斧说道，“我可不想告诉老大我们把他的宠物弄丢了。”

本和波比交换了一下眼神。两个人有一个老大这件事其实在一定程度上说得过去，因为他们明显有那种“雇来的打手”的气场。

不过把僵尸作为……宠物？有谁会觉得这是个好主意？

“我们去把它们装上吧，”小斧说道，“然后在回去的路上检查一下陷阱。”

波比给了本一个疑惑的眼神，但他只是耸肩。等到两个陌生人的身影消失在铁厂里，他才侧过身低声说：“我想跟着他们……但我们还是先保持一段距离。”

波比点点头。

很快，那两个身影再次出现了。这次，他们身后跟着一对僵尸。他们用恰到好处的速度，熟练地躲在僵尸的触及范围之外，同时待在足够近的地方吸引着两只怪物前进。“去打开陷阱门，小翻。”小斧说着，健壮的那个便往前冲去，打开了一扇装在地上的陷阱门。小斧把僵尸们带到了门边，然后把它们推进了门洞里。

小翻笑起来。“真棒。”他说道。

“比起用斧子，这样更安全，”小斧说道，“不会造成永久性的伤害，对吧？”

“其实我还是觉得我们可以放过一两个。”小翻说着，跳进了门洞里。小斧紧随其后，关上了身后的陷阱门。

波比呼出一口气。本知道她的感受，他刚才也几乎不敢喘气。那个陷阱门把雇佣兵们带到了离他们的藏身处近得可怕的地方。

本等了一会儿才从屋顶上滑下来走向陷阱门。在看到这扇陷阱门被打开过之后，他在想自己刚才怎么会没有注意到它。有着同样想法的波比轻声说道：“我们刚才肯定是直接从这个东西上走过去了。”

本把耳朵贴上去。他因为不知要等待多久而纠结不已。他不想碰到那两个家伙，但是如果等得太久，他们就会逃脱。除非他们非常不谨慎，否则想在他们进入地下之后再找到他们就是天方夜谭。

终于，他等不下去了。他打开了门。

看到眼前的景象，他张大了嘴。

在地下不远的地方，有一条圆石建成的隧道。

那里面有以固定间隔摆放的火把。

“唔，”本说道，“这看起来……很熟悉。”

他抬起头，看到波比的目光变得愈加犀利，此刻她把一切都联系起来了。

“本，如果我说错了就告诉我，”她说道，“但是我开始觉得……也许那场摧毁了我的小镇的袭击……”

“不是一场意外。”本说道。

第二十八章

他们决定沿着铁轨前进。

比起在地下挖掘，这很简单。因为已经有人替他们完成了所有的工作。他们只需要把约翰尼从藏身处带出来，跳进那扇门，然后开始走就行了。

波比有些烦恼，因为她不知道他们走的方向正确与否。他们每过一会儿就会停下来竖起耳朵听周围的动静，然后望向黑暗中，不过他们没看见小翻和小斧，也没看到他们的不死族俘虏。

不过本已经看过地图，那上面标出了去平原镇的方向。因此他们决定向另一个方向前进，远离波比的家园，否则他们会感觉自己在往回走。

“我们应该检查一下稀树原镇下面，”波比说道，“我猜这条铁轨也一路通到了那边。”

“甚至可能通到了那座林地府邸，”本说道，“这些人真的很细心。”

随着他们不断前行，波比完全忘记了时间。在这里，周围的景色一成不变，也看不到升落的太阳和月亮，时间的尺度变得含糊不清。她每过一段时间就会感到饥饿，因此他们会停下吃些东西。

有时，约翰尼会在她的身后发出低沉的吼声。除此之外，时间只是在缓缓地流淌着。

波比开始翻背包。她拿出了从唤魔者那里拿到的奇怪的雕像。她在约翰尼的头上晃着这个东西，还用它戳了戳他。什么都没有发生，只是约翰尼变得有些暴躁，想要挥手打掉这个东西。

她把雕像收起来，拿出了鹦鹉螺壳。她用手划过它光滑的表面时，被上面的螺纹吸引。这种感觉好像被催眠了一般。

波比猛地意识到她的背包里少了什么东西——绿宝石，她在挖黄金的时候把它们放进了箱子里遗忘了，但是没回去拿！

想到这儿，她心里一沉。他们不可能找到回去的路，特别是在被七弯八拐的河流冲走之后。但是本还等着那些绿宝石呢。他一开始同意帮助波比的唯一原因就是这些约定好的报酬。

他们在完成这个任务的旅途中更加亲近了。本甚至好像有点儿喜欢约翰尼了，虽然只是有些时候。如果本知道自己不能收到报酬，他还会留下吗？他还会继续帮助他们吗？他们会不会就这样被抛在一边自生自灭？

她觉得自己不能冒险。她不敢告诉他真相。

“怎么了？”本问道。波比这时才发现自己停下了脚步。

“哦，唔，”她说道，“只是……这个贝壳，它很漂亮。”

“可以给我看看吗？”他问道。

“当然，”她说着，递给他，“不过小心一点儿。我知道你觉得它不值钱，不过——”

“嘘，”他说道，“听。”他把那个贝壳放到她耳边。

贝壳里传来微弱的声音，听起来就像本的“嘘”声一样，但更柔和，而且在不断起伏。波比觉得这声音让她平静了下来。

“那是什么声音？”波比问道。

本耸耸肩，把贝壳放到耳边。“人们说那是海洋的声音，一位强大的女巫将之封在了贝壳里。”他把贝壳还给她，继续向前走，“我觉得那不是真的。不过，海洋总是静得出奇，所以或许也有可能。”

“你看到过吗？海洋？”波比跟上他的脚步，又小心翼翼地收好了贝壳——现在这对她来说显得更珍贵了。“在山上的时候，我曾希望可以用望远镜看到海洋。因为我只在地图上看到过大海，大海看起来又大又蓝，就像天空来到了地面上，然后在那里睡着了一样。”她转向本，“不过你见过，对吗？那是一种什么样的景色？”

“好吧……它很大，”本说道，“还很蓝。其实你的想象是对的。”

波比翻了个白眼：“你这样可不行。我感觉我们已经沿着这条隧道走了几年了，我都在想自己是不是一只僵尸了。”

“好吧，好吧。”本说道。“实际上，好吧，如果从远处看，海洋确实很壮观。它比任何东西都大，想想它到底有多大吧……”他摇了摇头，“不过，如果这么想，就完全没想到点子上。”

波比不理解：“这是什么意思？”

“海洋不只是你在地图上看到的那样，是一个平淡的蓝色平面。那只是它的表面。海洋真正的神奇之处在水面之下。”他笑着说。“在那里，游荡着难以让人想象颜色的鱼群。而珊瑚更是色彩缤纷！那里有海豚，有鱿鱼，还有会射出激光的守卫者——我并不是很喜欢那些家伙，不过它们看起来确实很酷……”他笑起来，“还有一次，我听到了关于海上一座岛屿的传言。那是一座由蘑菇构成的岛屿，岛上的树木是巨大的蘑菇，地面是某种软软的菌类，甚至连牛也是蘑菇做的！”

“那是怎么一回事？”波比怀疑地问道。

“我不知道！”本说道，“我和洛根曾经决定要亲眼去看看。我们建造了几艘小船，出发寻找这座岛屿。我们和一只海豚成了朋友——我们给它起了个名字吱吱——吱吱带我们找到了一艘沉船。我们最后没有找到‘蘑菇岛’，如果它真实存在的话……但那还是一场不错的冒险。”

“我就知道，”波比说道，“海洋听起来很棒。”

“确实很棒。其实，如果你深入表面之下，整个世界都很棒。”他摇摇头，“我猜这就是那些地图无法告诉你的事。”

“我觉得是这样的。”波比说道。

“好了，”本说着，用肩头轻轻碰了碰她的肩头，“现在轮到你了。跟我讲讲你的冒险故事吧。”

“我吗？”波比自嘲道，“我可没有故事。”

“哦，别这样。至少还有个关于鸡和狐狸的故事。”

“是兔子。”

“没错！兔子和狐狸的故事。那可真是个好故事。”

波比叹了口气：“我从来都……没去过任何地方，也没做过什么事。”

约翰尼在他们身后哀伤地呻吟着。

本笑起来：“我想他也觉得你对自己太苛刻了。”

“是啊，”波比说道，然后语气变得更加坚定，“是啊。我从来没有旅行过——只到过可以采集到木头和甘蔗的地方。但我曾经是一个社区的一分子。”她转向本。“我的小镇中大部分人都有一份工作——一件他们擅长的事，他们也会每天重复去做那件事。但我什么事都做了一点儿。”她笑道，“我在人们需要帮助时协助他们。我学会了做各种工作，这样我就能帮上所有人的忙了。我还确保了小镇中的物资从来不会短缺。”约翰尼咯咯叫着。“而且我能留出时间陪约翰尼玩儿，一般是试着弄明白他到底跑去了哪里。”她补充道。

“我好嫉妒啊。”本说道。

“哈！”波比说道，“是啊，你说得太对了。堂堂大冒险者，嫉妒一位‘兼职保姆’？来，接着说下去。”

“不，我是认真的。”本说道。“我无依无靠，在冒险之后从来没有什么地方可以回去。”他的目光垂向地面，“我想这也是当洛根让我加入他时，我很开心的原因。他曾告诉我，我还有很多东西要学，而且他愿意教会我。他没有要任何回报——只是我找到的所有资源，他都要分一杯羹。”

波比皱起眉：“确实，那不算什么……”

“我们有时候还会想在我们深入探索的地区建造基地。有一次，我们甚至在我们找到的一座废弃的神庙里建立了一个临时总部。”本在讲到这些时双眼发光，但只有一瞬间，“不过，我们从来没有在一个地方待过很长时间。我从来不曾有过一个家。”

“完全的自由，”波比说道，“我好像明白为什么这会让人感到无依无靠了。”

“不过要是一生只待在一个地方，你会错过很多，”本补充道，“也许答案就在这两个极端之间。”

波比思考着这件事，沉默逐渐笼罩了继续踏上无尽的征途的二人。一直以来，她总是把精力放在为自己的弟弟寻找解药这件事上，完全没有考虑过在此之后的事。她一度认为他们会回到自己的家里——他们的房子，他们的小镇。

但那还是家吗?

一个没有人的地方，还是家吗?

她沉浸在思考中，完全没有注意到身后传来的奇怪声响。

“听，”本小声说着，走到了一个死胡同，“你听到了吗?”

波比停下来，现在她也听到了。一阵哗啦啦的声音，夹杂着旧轮子的嘎吱声。

接着，一个声音喊道：“让一让！从铁轨上下去！”

波比在最后几秒做出了反应。她向后一跳，拉着约翰尼离开了轨道；本紧随其后，移动到了另一侧。两辆矿车从他们之间呼啸而过，速度快到波比只能勉强看到它们的影子。

第一辆矿车里有一个人，是一个戴着皮革帽子的男孩。

他看起来有点儿怯生生的。

跟在他身后的第二辆矿车里装的是……波比觉得那好像是某种蛋，但看起来不像鸡蛋。

约翰尼哼唧着表达对这突然间到来的冲击的不满。“不好意思，老弟，”她说道，“不过我们差点儿被什么东西撞了……那是什么东西？”

本摇摇头，不可思议地睁大眼睛。“那些是海龟蛋吗？”他问道。

约翰尼再次吼叫起来，拉扯着拴绳，而且非常用力。“约翰尼，冷静一点儿，”波比说道，“没事的。”

“他怎么了？”本问道，“他看起来很焦躁不安。”

“是啊，”波比说道，“我以为他在对我发脾气，不过……他好像是想引起我的注意……”

一声吼声从约翰尼的喉咙里传出，这声音像是在整个隧道里不断回响，越发洪亮，直让波比觉得自己快要被从四面八方传来的鬼哭狼嚎声压垮了。

本耸耸肩。“真可怕，”他说道，不过马上坏笑起来，“我也想试试。”他把双手环绕在嘴边，站稳脚跟，大喊道：“回声！”

另一阵洪亮的、野兽般的号叫在隧道中回响着。

本睁大了双眼：“那不是回声。”

“本，”波比说道，“我觉得有什么别的东西朝这边过来了。”她听到了杂乱的脚步声、嘎吱嘎吱的叫声，还有低沉的呻吟声。“很多别的东西。”她说道。

她知道有什么正朝着他们靠近——她心里非常清楚。但她还是被这规模吓到了。

一群僵尸走进了火把的光亮中。它们蜂拥而来，隧道不远处也堵满了不死生物。

僵尸们看到了他们。他们加快了步伐。它们张开双臂，张大了嘴巴，准备迎接他们。

波比想跑，却待在原地动弹不得。

这次，他们无法从僵尸群中逃脱了。

第二十九章

“打还是跑？”本问道。

“什——什么？”波比问道。本看到她被眼前乌泱泱压过来的怪物大军吓住了。

“我们要和它们战斗吗？”他问道，然后转动着手中全新的铁剑，它在火光下熠熠生辉，“还是试着跑掉？”

“我们打不过它们的。”波比说道。

不过约翰尼有其他的想法。

本看着约翰尼往反方向拽着绳子。拴绳从波比手中滑落了，虽然本跳出去想抓住在地上蜿蜒而过的拴绳，但僵尸男孩还是快了一步。他摆脱了控制，朝着怪物大军冲去。

约翰尼闯进了僵尸群里，挥手攻击一只又一只僵尸，然后爬到了其中一只的身上。约翰尼在僵尸的肩膀上，控制住僵尸，处于下风的僵尸试着用牙齿咬他，却触碰不到他。

“其实，他做得不错。”本说道。

“他在独自面对二十个敌人！”波比说着，拿出了剑。她刚才的踌躇在她看到约翰尼陷入险境的一瞬间烟消云散了。她朝前冲去，向离她最近的僵尸挥剑，并到了约翰尼身边。

“我提一句，我其实是支持逃跑的，”本说道，“虽然也没有人问过我！”

随着一声长吁，本也加入了战斗。他站到波比身边，不过他待在了她的左边，好为她留出足够的挥剑空间——与僵尸战斗要掌握节奏，看起来她已经掌握了这个节奏。

狭窄的隧道也让他们获得了优势。虽然整个僵尸群在朝他们涌过来，但最多只有五只僵尸可以碰到他们——只要他们守住阵地。

但就算只有五只僵尸也让他们难以应付。

他们的麻烦始于一个胜利的时刻。波比打倒了一只僵尸，把它变成了一摊腐肉。本感到一阵胜利的喜悦——也许他们能做到？但倒下的僵尸留下了一个开口，另一只僵尸冲上前填补那个位置时，越过了波比的防线。

看到波比被攻击，本分了心，他马上成为僵尸群下一个攻击的对象。他们的节奏被打乱了，僵尸开始从他们身旁溜过。如果他们被包围了，那就完全没有胜算了。

所以，本决定孤注一掷。

“你在干什么？”波比看到他收起了剑，问道，“本！

我保护不了所有人。”

“几秒就好。”本说着，他的新盔甲承受了僵尸群的几次猛烈攻击。还好拿走了那些铁，否则他现在肯定已经倒下了。

不过就算这样，这也是很冒险的一件事。

空出双手之后，本成功地从背包里拿出了之前的南瓜，把这个“头盔”猛地戴在了约翰尼的头上。

约翰尼抱怨地嚎了一声，但南瓜在他挣扎时牢牢地套在了他的头上。

本没有时间喘息，也没有时间解释。现在每一秒都至关重要。他从背包里拿出镐，然后跳起来，挖起头顶上的泥土。

不到几秒，阳光便洒进了隧道。一时间被晃得睁不开眼的本眨了眨眼，这并没有阻止他继续下去。他继续挥舞着镐，挖出了更多的泥土，黑暗中划出一条光亮的线。十几只僵尸同时起火，开始自燃。

“抓住他！”本指挥着，将波比从一片骚乱中拉出来。她抓住约翰尼的拴绳，把他也拉了回来。就算他戴着夸张的大“头盔”，也不难看出他的惶惑。他没有反抗波比拉他，好像被这突然间出现的“灯光秀”迷住了，她也顺利地将拴绳绑到了一根柱子上。

僵尸们仍在朝他们逼近，但现在它们已经不构成威胁了。随着前面的僵尸被火焰吞噬倒下，其他僵尸被倒下的同伴阻挡，只能绕开，然后也在进入那片阳光后起火。在约翰尼被绑在柱子上之后，本和波比很快再次找到了配合攻击的节奏，把进入近战距离的僵尸一一击退。他们只需要拖延时间，等待它们被火焰吞噬。

随着最后几只僵尸在他们面前化为暗色的灰烬，本终于撑不住了。生理上，他的状态很好——他可以感受到自己的身体在恢复——但他鼓起的勇气和决心已经在危险结束时消逝了。相比之下，波比却因为这件事充满活力。“本，这太棒了，”她说着，朝上举起剑，“你救了约翰尼！”

“这……这不算什么。”本喘着气说道。

“你怎么知道现在是白天的？”她问道，“我已经完全记不清了。”

“是啊，关于这个，”本说道，“我只是猜中了。”

这让波比泄了气。“你的意思是——你不知道？但是，如果没有阳光……”她沉默不语地盯着他，这才意识到他们刚才离灾难只有一步之遥。

“非常，非常幸运地猜中了。”本说道。

第三十章

在隧道战之后，波比看着本建造了一堵墙，挡在轨道中间。他为了保险，还敲掉了几段铁轨。

“我其实不想破坏其他人的建筑，”他解释道，“但我完全确定那些人不怀好意。”他停下来检视自己的工作成果，拍掉手上的土。“这会让它们更难再接近我们。”

波比没再过多争辩。她只是希望矿车里的男孩不会让小斧和小翻从另一边过来找他们。

但随着他们继续前进，隧道中依旧空空荡荡，寂静无声。波比感觉自己很难长时间保持高度警惕。她一直竖着耳朵，试图发现那些可能永远不会到来的危险，这让她疲惫不堪。

而且她的脑海中不断浮现出本的身影。他在与僵尸的对抗中表现得很勇敢，虽然她已经觉得这不足为奇了。而且，在某种程度上，当你身处一场无法逃离的对决时，你很容易变得勇敢起来。不过让她印象最深的还是他放下了武器这件事——他让自己处于劣势，还让自己受了伤——因为他决心要保护约翰尼。本已经不能接受失去约翰尼这件事了。

在波比突然间意识到本是真正的盟友时，她忽然明白自己曾经是多么孤独。

“你刚才很勇敢。”她告诉他。

本挺起胸：“那当然，不是吗？”

啊，气氛瞬间就被他毁掉了。为什么他就不能好好地接受夸奖，不被冲昏头脑呢？

波比必须得想办法保持自尊，这样对他们两个人都好。

“还好不是蜘蛛，”她说道，“在面对蜘蛛的时候，你真是出奇地帮不上忙。这是怎么一回事？”

本泄了气：“为什么需要理由呢？蜘蛛太可怕了。”

“我不明白。”波比说道。“我知道它们不算可爱，但它们也仅仅是一种动物而已。不过……”她咧嘴一笑，“我猜你也害怕羊驼。”

本对此嗤之以鼻。“我可不怕羊驼，”他说道，“我只是不喜欢被吐一脸口水。这完全合情合理！”

“好吧，好吧。”波比说道。“不过这差不多就是我要说的。你对羊驼有一种理性的厌恶，你可以用逻辑去解释它。”她揉着下巴，“僵尸之所以可怕，是因为它们不屈不挠。末影人之所以可怕，是因为我们难以预测它们的行动。蜘蛛为什么会让你觉得可怕呢？”

“但是恐惧是没有来由的，”本反驳道，“而且，事实恰恰相反。非要说的话，我们应该害怕猪。”

波比笑起来：“猪？猪有什么可怕的？”

“其实，可怕的不是猪本身。它们没有恶意，对吗？但你知道当一头猪被闪电击中后，会发生什么吗？”

波比想了想。“会变成猪排？”她猜测着。

“不是猪排。”本阴森地笑着，“记得在我们下次扎营之后提醒我讲完这件事。”

一段时间之后，他们看到了隧道的尽头。

“我们得小心一点儿，也要安静一点儿。”本小声说道。

波比点头同意，约翰尼吼了一声。

“也许我们可以把他拴在这里？”本提议。

在把约翰尼牢固地拴在一根柱子上之后，本和波比缓缓向前。他们看到隧道马上就到尽头了，但前面光线微弱，所以看不清它到底通向什么地方。

铁轨在隧道口结束了。尽头处有一辆停好的矿车，只要拉下拉杆就可以把它送进隧道。“看到那根看起来像一支熄灭的火把一样的拉杆了吗？”本用手指着。“那是一支红石火把，”他小声说道，“也就是说，整个轨道系统都是由动力驱动的。建造者肯定对这些了如指掌，也许他们有一个正在运作的采矿项目。”

突然间，从隧道出口前方更远处传来了声音。一开始是一声哀鸣，但逐渐变得刺耳，令人毛骨悚然，就连约翰尼看起来也有些不安。

“那是什么？”波比小声问道，“不会是另一群僵尸吧？”

“不是，”本小声说着，往前挪了挪，朝隧道前方的房间里望去，“我觉得‘群’这个词可能低估它们了。”

隧道通向了一个巨大的、像洞穴的空间——这不是一个洞穴，这个空间一点儿都不自然。它的转角太规整了，线条也太直了。在本看来，这像有人在地下的岩石中挖出了一个完美的立方体，然后在里面塞满了僵尸。多得他都数不清，接受不了了。他缩了回去，远离了那个出口。“我从来没遇到过这样的事。”他小声说道。

“太好了，”波比说道，“我讨厌说遇到这种事还是正常的。”她耸耸肩。“有没有可能只是场意外？”她问道，“也许是有刷怪笼失控了？”

本摇摇头。“看到那个地方了吗？那看起来是人工搭建的。”他用手指着不远处，“那里还有两个与出口相似的隧道入口，我猜它们也通向铺设了铁轨的隧道。而且，在那上面——有人搭建了一个小阳台，这样他就可以看着下面的怪物了。”

“所以，有人建造了这个地方，”波比说道，“而且他……想让这里满是僵尸。不过他为什么要这么做呢？”

“我也想知道，”本说道，“但我们可不往那边走。来吧。”他举起镐，“我们往上走吧。”

第三十一章

地面上是晚上，而且是阴天。因为能见度低，他们花了好一会儿才掌握了自己的方位。本缓缓转着圈，环视着四周……然后吸了口气。

在他们前方，一座山隐约可见。在那之上，耸立着一个依山而建的巨大要塞。

“看那儿。”他说道。

“哦，我正看着呢。”波比笑道，“住在那里的人是不是想把它们关在那里，来保证人们的安全？也许他们想要保护附近的小镇，就像封建领主一样。”

“我真喜欢你这种乐观的态度，”本说道，“不过我们面前耸立着的这个不祥的石头建筑让我有一种莫名的压迫感。”

约翰尼吼了一声，本正要开玩笑，说他是在认同自己的想法，但马上发现约翰尼在朝着某个特定的方向吼叫，还在拉扯拴绳。

“长着尖牙的小宝宝是怎么了？”本问道。

波比让他噤声。“那边有人，我觉得他在看着我们。”她小声说道。

本眯着眼往夜色里看去。波比说得没错——他隐约看到前面有一个身影。“你好。我们没有恶意！”他喊道，举起双手，又瞥了一眼旁边继续拉扯着拴绳的约翰尼，小声说道：“我们中的大部分人。”

那身影没有做出回复。

波比也开始尝试。“你知道，唔，关于住在这里的人的事吗？”她举起手指向要塞——这时，她不小心松开了约翰尼的拴绳。

约翰尼毫不犹豫。他向前跑去，想要攻击那个身影。

波比呼喊他，想让他回来，声音由于惊恐而变得沙哑。本不确定她是担心他会把那人吃掉，还是担心他会被打一顿。无论如何，他们还是跟在了约翰尼后面，想在他接近陌生人并发起攻击之前拦住他——那身影看起来异常冷静，就算约翰尼已经咬到他了，他也无动于衷。

在接近之后，本才知道，原来那个身影根本不是人。有人在一捆稻草上面放了一盏南瓜灯，然后在上面插上了栅栏柱，让它看起来像长着四肢一样。

“这是个……稻草人？”波比说道。

“这是个陷阱！”本说道。

他的警告来得太晚了。他们脚下的地面消失了，本、波比和约翰尼向下坠落了一小段距离，掉进了一个空荡荡的石洞里，这里光线昏暗，只有一盏灯笼照明。

一声低吼传来。本说道："约翰尼，你说得没错。"

"本……"波比说道，"那不是约翰尼。"

在本挣扎着站起来的同时，一只生物从阴影里冲了出来。

本已经受够僵尸了。

突然间，一眨眼的工夫，约翰尼往前一跃。这只小僵尸没有拴绳的束缚，朝大僵尸撞了上去，在它扑到本身上之前把它击退了。

"真棒，弟弟，撞得好！"波比说着，向这只敌对生物挥剑，约翰尼抓住它的腿，阻止它行进，就这样，波比毫发无伤地打倒了它。

本看完了这一幕，甚至没有举起剑。"你们两个真有默契。"他说道。

"它们没有那么难对付，"波比说道，"当只有一只的时候。"

"你觉得这里会通往地牢吗？"他看到了一个从他们所在的洞朝下延伸的出口。

"肯定会，"波比说道，"僵尸们掉进这个陷阱之后，就会被送到那个坑里。我猜这里有很多这样的陷阱，遍布这个地方。"

“我猜你说得对。”本说道，咬住嘴唇。“我早该看出来这是个陷阱的。洛根训练我的时候，我掉进过类似的一个陷阱里。只是那个陷阱比地面上的洞要糟糕得多。”他抬头向上望去，“我们可以向上挖洞出去，或者爬上去。但如果这里布满了蜘蛛网……”他颤抖了一下。

“蜘蛛网？”波比问道，“蜘蛛网有什么可怕的？在稀树原镇的时候，我们踩到蜘蛛网不是直接把它切断了吗？”

“网和僵尸一样，”本说道，“在你能站稳的时候每次毁掉一张不成问题。”他靠在泥土墙上，“但是如果你掉落在一大片蜘蛛网里，就基本逃不掉了。‘掉落’这个词有些不太贴切，因为你的移动速度会变得很慢，而且你完全束手无策，只能……一点儿一点儿往下滑落。”

“我不明白为什么这是你训练的一部分。”波比说道。

“洛根想要证明一件事，”本解释道，“我曾经是个菜鸟。我总是犯各种愚蠢的错误，而这些错误会让他处于危险之中。所以他想证明这件事。”本叹了口气，“他设下陷阱，而我掉了进去。那是一个……布满了蜘蛛网的、黑暗的无尽深渊。我当时觉得要永远被困在那里了。然后，黑暗逐渐消失，我才发现——我正落向一池熔岩。我找不到任何出去的办法，只能大喊着求救，一遍又一遍地大喊。”

波比用手捂住嘴：“本，那也太过分了。真残忍！”

本摇摇头：“洛根只是想证明一件事而已，他不会让我出事的。他到了最后一刻……过来救下了我。他只是在熔岩上方摆放了几块泥土，让我毫发无损地落到了上面。”

“我还是觉得那很残忍。”波比说道。

“也许吧。”本耸了耸肩，“但他确实给我上了一课。这让我得到了更好的成长。”

“你也让我得到了更好的成长，”波比说道，“你教会了我很多，而且你从来没有诉诸恐吓手段或者权力，你并没有为了让我进步而让我感到无助。”她皱起了眉。“我知道这件事和我无关，”她说道，“但听起来洛根这个人是一位不称职的老师、一位糟糕的朋友、一个烂人。”

“不过我也没有其他人可以拿来和他比较，”本悲伤地说，“至少朋友里没有。”

“你现在有了。”波比说着，一只手放到他的肩头。

约翰尼试着咬住他的另一侧肩膀，但他的牙齿只是让铁甲咔咔作响，本觉得这个动作是表达喜爱的。

突然，波比用手捏了他一下。“本！”她说道，“你知道这是什么意思吗？”

“什么是什么意思？”

“你刚才给我讲的故事。这就是你害怕蜘蛛的原因！”她把眼睛睁得大大的，“你把蜘蛛和蜘蛛网联系起来，又把蜘蛛网和让你感到无助又害怕的经历联系起来了！”

本想了想。“是啊，你可能说得对。”他说道。“不过，”他颤抖着补充道，“也可能是因为它们的小圆眼睛。”

波比张口想说什么，但马上停下了。她更用力地抓本的肩膀，并突然向后一推，把他推倒在了地上。

“这是干什么？！”本喊道。不过他马上看到了扎在墙上的箭。

波比及时把他推开，让他躲开了那支箭。

“要是我的话，可能就不会动了。”一个声音从上面传来。

本没有动，只是抬头看了看。

两个身影出现在他们上方，正从活板门边向下看。其中一个正在给他的弩重新装弹，另一个挥舞着一把钻石斧头，冷笑着。

就算在昏暗的光线里，本也认出了他们：小翻和小斧。

“你们在我们的陷阱里干什么？”小斧说道，“你们杀死了我们的一只僵尸？”

“老大知道了可要不高兴了。”小翻蹦蹦跳跳地说。

“你们的老大要僵尸做什么？”本问道。

“为什么你们这么爱管闲事？”小翻边问边瞄准了他们。

本举起双手：“不是爱管闲事！这叫……职业好奇心。”

“职业？”小斧重复着。

“好吧。”本说道。“你们的老大想要僵尸？”本轻轻拉了一下拴绳，让约翰尼从暗处走了出来，“看……我们这里就有一只僵尸。”

第三十二章

不管本是有了什么主意，波比都恨透了他。

恨、透、了。

她所有的姐姐本能都拉响了警报。她不喜欢这两个全副武装的陌生人，她不想把约翰尼作为见到他们老大的筹码。在他们逐渐接近要塞时，她也讨厌起它的样子。本说得没错——这个地方简直压得人喘不过气。

这个要塞完全是在山上开凿出来的。它看起来既结实又壮观，但也十分简陋。上面没有塔楼，也没有拱窗，整个建筑呈一片沉闷、单调的灰色。唯一的例外是上面悬挂着的一面巨大的旗帜。旗帜是红色的，上面印着黑色的、可怕的骷髅头和两根交叉着的骨头的图案。本好像认出了这个图案，但他没有说话。他们沿着石阶向上，波比看到他们面前的木吊闸是放下来的。

“嘿，是我们！”小翻边说边敲着吊闸，“快开门！”

“他最好在。”小斧嘟囔道。

“我来了！”一个细小的声音从吊闸后传来，“等一下。”

吊闸升起了，小斧在它升起后马上从下面钻了过去。小翻挥手让波比和其他人走在他前面。

他们来到了一个房间。这是个实用性很高的地方——一个朴实无华的方形空间，四周摆满了各种设施。这里有工作台、熔炉、铁砧以及更多的东西。在波比看来，这就像有人把整个小镇里温馨和美丽的东西全都拿掉，把剩下的东西塞进这个房间里一样。

在看到新面孔时，约翰尼拉着拴绳想要挣脱，但波比紧紧握住了拴绳。虽然在约翰尼的触及范围之外，站在吊闸控制台边的男孩还是往后退了几步。

“唔，这有点儿奇怪。”男孩说道。他比另外两个人矮一些，也年轻一些，穿着朴素的皮革护甲，看起来没带武器。“僵尸本不应来到这里的，那些隧道就是用来阻挡它们的。”他补充道。

小斧把男孩的头盔扭到一边，盖住了他的双眼：“我们知道隧道是干什么用的，傻瓜。那不是我们挖的吗？”

男孩费力地重新戴好头盔，问道：“那为什么……”

“他是一只特别的僵尸，”本轻快地说，“他会各种戏法。我猜你不是老大？”

小翻哈哈大笑：“总有一天你能当上的。”

“他在观测台上，”男孩说道，“我要带他们去吗？”

“我们带他们去。”小斧说道。“你拿着这个，”她说着，递给他一小袋战利品，“外面的东西不多了。我明白为什么老大要准备动身离开了。”

波比与本正对上了目光。肯定是这些人，他们搜刮了所有资源。这就意味着他们肯定有金子。

但他们能带着金子脱身吗？也许有办法，她不确定。

男孩按下了一个按钮，随着吊闸落回原位，他指向附近的一个箱子：“别忘了——”

“我们不会忘的。”小斧说道，显然是不耐烦了。她大踏步走向箱子，大力打开了它，然后把钻石斧放了进去。小翻把他的弩也放了进去，然后朝波比和本做手势。

“如果可以的话，我们还是自己拿着吧。”本说道。

小斧狠狠地扫了他一眼。“那可不行。”她说道。

“这是和老大见面的前提。”小翻说道。

波比感到一丝担忧，她不想在这些陌生人之中毫无防备。

“也许我们改天再见你们老大吧，”她提议道，“又或者可以在哪里找个安全的地方。”

“外面？”小斧说道，“这里目光所及之处都是劫掠兽的领地。”

“而我们就是劫掠兽，”小翻说道，“这就意味着你们要么是客人……要么是闯入者。”他怒视着他们：“客人们要暂时把武器留在这里，闯入者会被永久没收所有的东西。”

“那就是客人吧！”本愉快地说道，然后把自己的弓和剑丢进了打开的箱子里。

波比瞪着他，也照做了。“相信我。”他用口型说，她忍住没有踩他的脚。

“那是铁剑吗？”小斧哈哈大笑，“其实你们带着也没关系，用它们割麦子都费力。”

“是啊，”波比烦躁地说，“外面很难找到资源。”

“你看，我刚才怎么说的？”小斧说着，转向年轻的守门人，“东西不多了。”

小斧和小翻把记录和整理战利品的工作留给男孩，带着波比一行人走上了一段蜿蜒的楼梯。四周有一些简陋的窗户——其实只是一些缺口——透过这些窗户可以看到外面的主世界。不过外面太暗了，波比看不到什么东西。而在里面，大量的火把照亮了每个角落。约翰尼在他们经过这些燃烧着的火把时不止一次地哼唧着挥出手臂。

他们没有沿着楼梯走到最高处，而是来到了一个两边都是门的石头长廊中。

“这些是宿舍吗？”波比问道，她的问题石沉大海。

本凑过去小声说道：“这地方挺不错的，只是游览过程没我想得那么好。”

另一段螺旋楼梯向下延伸。这段楼梯看起来是在内部空间，也许就在整个要塞的中心。这里没有窗户，楼梯间和楼梯通向的走廊里都没有。

走廊的尽头是一道敞开的拱门。他们的向导们——还是绑架者们？——停在了门口。

“我在这里盯着他们，”小斧说道，“你去和他说。”

小翻讥讽道：“我在这里等着，你去说。”

他们之间的气氛在沉默中紧张起来。波比有点儿期待他们用拳脚解决这个问题。这是他们把武器留在门口的原因吗？

最后，波比也不知道他们在对视中到底交流了什么，但僵局化解了。小翻移开了视线，嘟囔道：“好吧。”然后快步走向了拱门。

本朝波比使了个眼色——她几乎知道他在想什么：看着吧。他走到小斧身边，说道：“你不应该让他牵着鼻子走的。你知道的，尤其是在客人面前。”

小斧狠狠地瞪了他一眼。“管好你自己。”她说道，本则夸张地举起双手投降。

在这一切发生的过程中，波比一直让弟弟待在身边，用双手紧紧抓着他的拴绳。而他饶有兴致地关注这些陌生人，她害怕如果自己再次松开拴绳，他就会去攻击他们。不过她并不确定。他的兴致可能只是来源于莫名的饥饿感，不过她好像在他的眼中看到了别的东西，就像他被转化之前，对别人表现出的好奇心。

他的意识仍驻留内心某处。随着时间的推移，她越来越确信这一点。

小翻回来了，示意他们进去。波比让本走在前面，这样她就可以让约翰尼待在他们之间。

她穿过走廊，来到露台上后，倒吸了一口气。这个露台并不像波比所想的朝向城堡外侧。毕竟那个男孩把它称为“观测台”。

这个露台朝向僵尸坑。从这个角度，不死生物的数量看起来更加让人难以置信，随便往下射一箭都一定会射中一只僵尸。

这就是那位“老大”正在做的事——朝着僵尸群胡乱地射着箭。

波比不喜欢僵尸，但像这样玩弄它们有些残忍。

不过，站在露台上的毕竟是那个男孩，这让她觉得不足为奇。她很容易地就认出了他的长相，也很容易地就认出了他的声音。

他就是那个来到平原镇的陌生人，那个点燃了心橡的人。

他怎么会在这里？

他是怎么弄到这些僵尸的？

而且为什么……他像遇见老朋友一样抱住了本？

“本！”他喊道，抱住了本，“哇。我从来没想到会再见到你。”

“我也是，”本说道，“有什么新鲜事吗，洛根？”

第三十三章

“洛根？”波比说着走向前，站到她的弟弟和他们之间，“他就是洛根？”

那个陌生人——洛根——冷笑着：“我猜本肯定没说我的好话。但我很高兴可以再见到他，也很高兴见到你。”

“所以你不记得我了？”她说道，“真的吗？你烧掉了我的小镇！”

洛根笑起来：“你得说得再具体点儿，对不对？”他说着，用手肘顶了顶本。

“哈哈。”本弱弱地说。

波比不是故意这么做的。

她没想松开约翰尼的拴绳。

但当她感觉到拴绳从手中滑走时，她没像以前那样及时反应过来。

就在一瞬间，约翰尼就越过她，冲向了洛根。那个男孩尖叫着往后跳，然后，在波比震惊的目光中，把本当作盾牌一样拉到他前面。

本伸出手试着让约翰尼安静下来。“嘿，小家伙，”他说道，“没事的。”约翰尼走近本，本把双手搭在了他的肩膀上，他冷静了下来。“对，就是这样。洛根是朋——好吧，洛根不是吃的。”本说道。

本捡起拴绳，递给波比。“掉了什么东西吗？”他问道，眼神中满是埋怨。

“谢谢。”波比说着，接过拴绳和这隐晦的责备。本是对的，她太不负责了。如果洛根没有后退，而是拿出武器……

“你是怎么做到的？”洛根问道，缓缓向前。

约翰尼吼了一声，洛根停在了原地。

“你真的驯服了一只僵尸？”他问道，语气里满是惊叹。

“这和你无关。”波比说道。但本同时说道：“我们会告诉你的。”

本和波比互相瞪了一眼。

“我确实有一些问题要问你。”波比对洛根说道。

“好吧。没问题。”洛根耸耸肩。“你们二人为何不和我吃顿晚饭呢？我们来玩儿个游戏。”他咧嘴一笑，“一个答案换另一个答案，我们轮流作答。”

餐厅也是个朴素的地方，毫无生气，也算不上舒适。这里有照明用的灯笼，有烹饪用的熔炉，还有可以看到外面漆黑一片的窗户，也许在白天可以通过这些窗户看到周遭的一切——但不是为了欣赏景色。波比想了想，这应该是出于防御目的而建的。不管她往哪里看，都能马上想到这是一个要塞而不是一个家。

所以洛根在和谁交战？

“你知道吗，我差点儿就被你算计了。”洛根说道。“你那宝箱里藏凋零玫瑰的把戏！”他摇摇头，笑起来，“我早该注意到的。”

“好吧，但如果你没在我睡觉的时候拿走我的东西，就不会有这些麻烦了。”本说道，他好像并没有觉得这件事好笑。

洛根再次笑起来：“罪名成立。不过说真的，你真的是因为我带走了你的东西才生气的？还是因为我先你一步这么做了？”

“前一个！”本气愤地说道，“我为什么对你那么做？我们是伙伴啊！”

“问题就在于此，”洛根说道，“这个世界不适合有伙伴存在，本。这里有那么多财富可以拿到手……肯定得有人先下手。牛排有什么问题吗？”

波比迟迟才发现这个问题是问她的。“嗯？”她说着，从桌子上抬起头。

“你的牛排，你根本没碰它。”洛根说道。

“这是你的第一个问题吗？”波比问道，他则大笑起来。

“真机灵，”洛根说道，“不过不是，我其实不在乎。那块牛排你想吃就吃。”

波比的目光瞬间转移到了约翰尼身上，他站在房间的另一端，一个她看得见的地方。她不觉得这个怪人认为弟弟有价值是件好事。虽然约翰尼对他没有价值可以让他更安全，进一步远离危险，但波比很清楚洛根是那种想要盗走任何他能接触到的有价值的东西的人。

而且他也不是一位称职的老大。当小斧和小翻想来共进晚餐时，洛根把他们赶走了，让他们自己解决这个问题。那两位“雇佣兵”都很不愉快——小斧瞪了波比一眼，好像是她故意抢走了她的位置一样——但他们并没有和她吵起来，只是退回了要塞的房间中。

另一位男孩，年轻的那位，则负责烹饪。他在几个熔炉之间跑来跑去，试着同时准备三块牛排。波比以为他会给自己也准备一份，但他却马上烤起甜点来。此刻，他站在一个熔炉前，离约翰尼远远的。

“我会先让你们提出第一个问题，”洛根说道，“毕竟你们是客人。”

波比很清楚自己要问什么。

她张口刚想说——但本脱口而出：“你把我的那些东西怎么样了？”

波比震惊地看着他。他们真的需要知道这件事吗？

洛根双臂交叉。“你知道吗，我就知道你会要回去。

我让我的仆从都收起来了。”

“仆从？”本说道。

“是啊，仆从、后勤、守门人、厨师，本在这里什么都做。”

一开始，波比还以为洛根搞混了名字。但接下来那个站在熔炉前的男孩转过身来摆了摆手。“你好啊！”他说道，“我刚才应该自我介绍一下的，我是本。”

本像鱼一样睁大了眼睛。他终于开口：“你不是本，我才是本。”

那个男孩——他也是本？另一个本？——往后缩了缩，说道：“抱歉。”

波比翻起白眼。“你不用和他道歉。”她坚定地说道。

但本——她的本——的注意力却完全在洛根身上：“你让另一个本取代了我？！”

洛根笑起来，很显然，他觉得这有趣至极。本反应如此激动只会让洛根变本加厉，波比不禁这样想着。

洛根很乐于看到人窘迫的样子，不是吗？

“好吧，听着。”洛根说道。“我犯了一个错误。你是不是想听到这句话？我曾以为自己一个人更好，但我错了，独自一人在外十分辛苦。”他靠在椅子上，“当我遇见小斧和小翻时——当时他们就像两只无头苍蝇一般乱窜——我想到了一个解决方案。我需要的不是伙伴，而是一个团队，而这个团队要有明确的等级制度。我们在那之后不久招募到了‘本二号’。我们向他承诺，如果他能出一份力，我们就会训练他，让他变强。”

就算“本二号”不满意自己的新外号，他也并没有说出来。他只是指了指房间另一边的一个箱子：“先生，我把你要的所有东西都放在这个箱子里了。”他说完便转回到熔炉前。

“去吧，‘本一号’，”洛根说道，“你的东西就在那里。”

“本一号”意味深长地看了洛根一眼，以为他在耍什么花招儿。在起身走到箱子那里之后，他装模作样地检查了一遍箱子是否设置陷阱。在确认箱子是安全的之后，他掀开盖子，开始整理里面的东西。

“我的箭！”他说道，“还有我的镐。还有——就在这里！”本跳起来，举起一把熠熠生辉的钻石剑，摆出动作片中的英雄姿势。“节肢杀手！”他喊道，“蜘蛛的末日！蠹虫的惩治者！”

波比有些焦躁不安，而且有些恼火，但她看到本高兴的样子还是笑了起来。接着，她的目光瞬间移到了洛根身上，她发现他正饶有兴致地看着本……还有约翰尼。

“你是怎么训练它的？”洛根问道，“那个僵尸男孩。”

所以这就是他为本准备好这些的原因。他想找个机会，观察当本接近约翰尼时会发生什么。

波比没有兴趣告诉洛根任何事，不过本不罢休。“我们应该回答他的问题，这才公平，”本说着，递给她一把钻石镐，“我说，看看这个！做工精湛。”他眨眨眼。

“拿着吧。我还有很厉害的箭。这支可以让你隐身……这支可以让你在水下呼吸……”

“现在不是说这些的时候，本。”波比说着，转身面向洛根。“现在我来回答你的问题，我‘训练’他的方式就是像对待普通人一样对待他。你知道的，爱他，尊重他，并且保持耐心。”她皱起眉，“不过我有点儿怀疑你能不能做到这些。”

“哎哟。”洛根说道。“还惦记着那棵老树的事呢？”他死死地盯着她，“还是说，在我走之后，你的宝贝小镇里发生了什么事？”

“该轮到你回答了。”波比说道。

“乐意至极。”洛根轻快地说道。“不过我们到屋顶上去吧，我得让你见识一下在那里可以看到的景色。”他微笑着说道，“真的很酷。”

第三十四章

他们跟着洛根来到屋顶。在洛根向他们展示这个地方时，波比想听进他的话，但她的大脑在飞速运转。不过在洛根向他们展示他圈养的海龟时，她集中了注意力。这是为了让它们繁殖，他如此解释。

“虽然我不知道为什么，但是僵尸总是想踩海龟蛋。”洛根笑着说，“所以，如果想控制僵尸的行进方向，这些海龟蛋就很有用了。可以说，有了它们，就可以把僵尸聚集成群。”

此时，波比已经快要气得发抖了。她待在洛根身边越久，对他的怀疑就变得越深。如果她的想法是对的，那他们面对的就是一个比任何僵尸都要可怕的怪物。

洛根带着他们穿过建筑，走上另一段楼梯，最后来到要塞顶部的平台上，这里正好处于山顶下面。不远处一个黑曜石制成的巨大王座嵌在山峰里，面向东方。

波比望着海面上升起的太阳说不出话。

“不错的景色，对吗？”洛根说着，爬到了尺寸过大的黑曜石王座上，“真是国王般的体验。”

“这就是你要做的事吗？”本问道，“成为僵尸之王？”

洛根不屑一顾地摆摆手：“僵尸只是工具，是为了达到目的利用的一种手段。我最终的目标一直是不变的，那就是战利品。”

“说到战利品，”本说道，“那个箱子里少了一些东西，一些绿宝石，一些黄金……”

洛根拿过放在王座旁边墙上的、顶端呈红色的权杖把玩着：“我现在很富有，应该可以让‘本二号’凑出一些绿宝石给你。”

“八块金锭，这样我们就算扯平了，”本说道，“然后我们就不会再来烦你了，你可以继续安心清点你的财宝。”

“等等，”洛根说道，“你还没听我的邀约呢。”

“够了！”波比说道，“我已经不想玩这个……这个逗你开心的游戏了。”她像举着武器一样举起本给她的钻石镐，本站到她面前，想让她冷静下来，但她没有理会他，继续盯着坐在招摇的王座上的洛根。

“洛根，你和平原镇发生的事情有关系吗？”她问道。

洛根举起双手。“罪名成立，”他不假思索地说，“平原镇发生的事是我们的初次试验。”

“这是什么意思？”波比咆哮着。约翰尼感受到了她的愤慨，也跟着咆哮起来。

洛根并没有直接回答她，而是对本说道：“你还记得以前的日子吗，本？在黑暗中一待就是几个小时，四处挖掘，只为寻找战利品。偶尔找到一个小镇，还要期望自己运气够好，能找到一些值得买的东西——或者可以拿走的东西。”洛根张开双臂，“我们需要的是一个完善的系统，一种可以让我们有组织地去掠夺的方式。”

“我一直没想过要去掠夺。”本反驳道。

“好吧，当然。”洛根说道，“本，你可以欺骗自己，还有你身边的小伙伴，但是你骗不了我。我知道你像我一样渴望赚一票。”他的表情变得阴暗起来。“而我，找到了可以让我们赚得盆满钵满的最好方式。本，我找到了一个将小镇转化为铁厂的方式——让它们为我所用，而不是被浪费掉。这个法子说来十分巧妙。”他冷笑着，“我这里有一支僵尸军团，对吗？我会用隧道把它们送进一个小镇里，这样它们就可以偷偷越过防线。僵尸们会引起恐慌，这时我们掠夺者就可以乘虚而入，为所欲为了。”

波比感到一阵恶心，脚步摇摇晃晃。她本就在怀疑这件事，现在他也摊牌了：洛根就是制造僵尸袭击毁了她家园的主犯。他是故意这么做的。

“你怎么能？”她喘着粗气，“你怎么能做出那么……那么……”

“精彩。”本说道。他转向她。“我很抱歉，波比，但你必须得承认……这是个聪明的办法。让我们先把道德观放到一边，”他说道，“把个人感情放下，客观地看一看。”

“我做不到，”她说道，“道德观是我们的一部分，本，不是说放下就能放下的。”

或许他放得下？波比的心猛地一沉。她一直坚信本不是这样的人。

其实她或多或少已经明白了真相，不是吗？这也是为什么她一直没有告诉他自己弄丢了绿宝石这件事的原因。

“我要继续扩张了，本。”洛根继续说道，“实际情况是，这个计划逐渐变得宏大起来，掠夺者需要更多的帮手。铁厂是未来的发展趋势，我打算给一些有兴趣的海外客户也建造几座。像你这样的人，肯定能在我的团队里帮上忙。”洛根坐在他的黑曜石王座上，身体微微前倾，用一种非常严肃的眼神审视着本，“不过我得先确认我可以信任你。”

“你当然可以信任我。”本说道。

“但你不能和她在一起，”洛根说着，用手抚摸着那根权杖，“不要怪我。我一直都很友善，是她固执己见。”

如果这就让他觉得波比很固执，那就小看她了。她向前一步，准备把他从王座上拉下来。

突然，她意识到了什么。王座边的“权杖”……似乎有些眼熟。它看起来就像他们在隧道里看到的那根拉杆。本把它称作什么来着？

“本，那是不是——”

波比的问题没有说完。当她转向本时，她看到了曾经以为永远不会看到的景象。本已经拉开了弓，箭头正对着她。

“本？”她说道，“你在干什么？”

“很抱歉，波比，”他说道，“说实话，这一路上我很开心，不过……我收到了一个难以拒绝的邀请。”

“别这么做，本。”波比哀求道，“我知道你认为他是你的朋友。但你又不是瞎了眼，你看到了他多么无情，不是吗？”她摇了摇头。

“也许你觉得自己就应该被他摧残，也许你觉得你可以让他变好。我不知道你在想什么。”她目光坚定地看着他，“我要说的是，你完全可以做出更好的选择，这个地方配不上你。如果我们齐心协力——你和我？”她微微一笑。“我们可以解决这里的一切问题。我们可以让这个世界更美好，而不是去争着成为最富有、最勇猛的幸存者。”

“我……我很抱歉，波比。我向你保证，我并不是想针对你。”本一边向她保证，一边拉紧了弦，“好吧，或许这里面确实有些私人恩怨，在我们第一次相见时，你确实射了我一箭。”

“本，好好想想！”但本没有停下，他把箭射了出去。箭击中了波比的肩膀，将她击退。

她松开了约翰尼的拴绳。她想保持平衡。但后面有悬崖——她从悬崖边上掉落了下去。她持续下落，最终落到了海里。

第三十五章

当波比睁开眼睛时，她已经沉入了海的深处。

她之前说要看看大海时，可不是这么期待的。

她的情绪就像一个混乱的旋涡，她既生气又困惑。她受伤了——在各种意义上。

但此时看到的景象也让她惊叹不已。

异样的风景在她的身下蔓延，这里就像一片被蓝色雾气笼罩的沙漠，上面稀疏地遍布着一缕缕摇曳着的长长的草丝，还有发出光亮的绿色小筒。一群色彩缤纷的鱼好奇地接近了她，当她想伸出手触碰它们时，它们便立刻四散而去。有一条鱼浑身长满尖刺，被突然间的动静惊扰，身体涨大到了令人惊奇的程度。远处，一只长着多条触手的鱿鱼正懒洋洋地漂浮着，看起来像在飞翔一般。

波比忘却了愤怒和惊慌。这个世界是如此之大——但这并没有让她感到自己很渺小，只是让她觉得未来有无数的可能，就像天上的星星一样多。

但每一个未来都要从找回约翰尼开始。她不会让洛根和本把弟弟变成伤人的工具的。

波比咬着牙，拔出了插在她肩上的、本射进的那支箭。她当时就发誓，一定要让他把他那把发光的破剑给生吞下去。他肯定会后悔教会了她如何战斗。

她开始朝着水面游去，但突然又有了更好的想法。洛根和本可能认为她已经死了，她为什么要矫正他们的这个认知呢？她好像可以毫不费力地在水下屏住呼吸，于是她便好好考虑了一下自己的选择。不如挖出一条路怎么样？

波比游向一面陡峭的岩壁，开始挖起来。虽然水令她的动作变慢了，但同时，她用钻石镐很轻松地就敲开了石头，挖出了一条向前，然后向上延伸的隧道。当她觉得自己需要喘口气的时候，她已经离开了海洋，同时也在地下迷失了方向。

但她还活着，而且她有使命在身。

“我会找到你的，约翰尼，”她说道，“就算我要击败那个叛徒才能解救你……我也会那么做的。”

她回到地面时，已经接近中午。她没有直接冲进要塞救约翰尼——虽然这是她极力想做的——而是决定智取。本曾和她说过，赢得战斗靠的是才智，不是剑。就像以前观察苦力怕、僵尸和史莱姆的攻击方式一样，她可以先从远处观察洛根的要塞，再找合适的时机出击。

夜幕降临，她终于看到了期待的一幕。吊闸升起了，洛根的爪牙们出现了，他们正要出去完成晚上的工作，检查洛根的陷阱，带回找到的僵尸。在离开了他们的视线范围之后，波比马上行动起来，她避开吊闸，从山的另一侧挖进了要塞。

她走在洛根要塞的斯巴达式的走廊中，不由得感到一阵愉悦：这次，她要闯进他的家里，还要把他的东西统统拿走。

她在一间空卧室里找到了一个箱子。这是个陷阱——本教过她分辨陷阱的方法。她躲过了陷阱，并拿走了被激活就会爆炸的炸药，还有箱子里的各种贵重物品。其中大部分东西她都用不到，但她只要能把它们从洛根手上拿走就足够了。

波比又进了几间卧室，打开了几个陷阱箱，之后，她找到了本。他正在众多一模一样的卧室中的一个里呼呼大睡。她关上了身后的门，然后把他从床上踢了下来。

“混球儿！”他说着，揉着惺忪的睡眼。接着——让波比意想不到的是——他笑了起来。

“谢天谢地！”他说道，“我花了半天时间去找你。”波比瞪着他，他支支吾吾地说道：“唔，所以，你感觉如何？你看起来气色不错。你浑身的铁甲真的……很好地衬托了你眼里流露出的如钢铁般的决心……”

“别废话了，”波比说着，把剑架在他下巴上，“我只想让你告诉我约翰尼在哪儿。”

本举起双臂，紧张地看着剑刃：“他很安全！他在那个坑里，和其他僵尸在一起。”

“他很安全，”波比不依不饶，“但他被僵尸包围着。”

“它们不会伤害他的，我亲眼确认过了。看起来，他只会在你受到其他僵尸的威胁时攻击它们。”本用力咽了一口口水，“这也是为什么我朝你射了一箭——只有这样我才能把你们两个都救下来。”

“你是英雄？”波比说道。

“说真的！你没看到那支红石火把吗？在洛根的王座旁边的那支？”本用一只手轻轻推开她的剑，“那时我们一直都在一扇活板门上。你、我和约翰尼都在。如果我没有演那场戏——如果我没有说他想听的话，没有按他说的做——我们都会掉进那个坑里。”

“所以我没有和你一起掉进僵尸坑里，而是突然自己去游了个泳，”波比说道，“我没溺水可真是万幸。”

“这不是因为好运。”本说道，“难道你没有注意到自己在水下不用呼吸吗？你知道你在水下待了多久吗？你不觉得这很奇怪吗？”

波比眯起眼睛：“你想说什么？”

“我确实射中了你，”他说道，“但用的是我的一支特殊的箭。它上面沾着水肺药水！”本摇摇头。“我不想这么做的，但我知道你会没事。而且现在，因为这件事，我取得了洛根的信任。我可以从内部扰乱他的计划！”

波比终于放下了剑：“所以他相信了。”

“没错！”本说道。“可惜，约翰尼也相信了。你的弟弟很不满意我演的这场戏，所以他被丢进那个坑里了，而我则和洛根共进了早餐。”本若有所思地望着远处，“早餐吃的是蛋糕。你肯定会喜欢的。”

“没错。”

“不过和洛根的早餐谈话内容相当可怕。波比，他已经不想待在这里了。他摧毁了周围五万方块范围内的所有小镇。”本站起身，“他要带着他的大军往东进发。”

“往东？”波比重复道，“但这里的东边是……”

“是大海，”本接上她的话，“他要突破地图边界。他要去寻找一片新大陆，去掠夺那里的财富。”

世界真的很大，波比想起了这件事。世界上到处都是等待她揭开的谜团和等待她踏上的旅途。

世界本来就该是这样的。

“我们得阻止他。”她说道。

“是啊！”本说道，“这也是我在考虑的事。最简单的方式当然是直接摧毁他的军团。但是我还不知道要怎么做。”

“这些能帮上忙吗？”波比问道，举起她刚刚拿到手的几块炸药。

“小心点儿！”本说着，下意识地往后退了退。不过他马上露出了笑容。“那些僵尸都在一个地方……矿车直通那里……还有一些炸药。”他点点头，“我有办法了。但是你得先把约翰尼从那里救出去，我们要抓准时机才行。”

“等等，”波比说道，“所以我要做的就是在那个地方被炸毁之前走进一个有几百只僵尸的坑里，然后在那里找到我们要救的那只僵尸？”

“他很好找的，”本说道，“他肯定是那里面最矮的僵尸。”

“这其实会让他更难被发现，”波比反驳道，“而且我会像一只蓝色美西螈一样显眼。”

“如果你隐身了就不会。”

波比笑起来：“你有隐身药水吗？”

“其实，”本说道，“算有吧。”他举起一支箭。

波比的笑容消失了：“如果我们能活下来……我们真的得研制一些正常的药水了。”

第三十六章

波比有五支沾着隐身药水的箭。这意味着她只有刚好五分钟的隐身时间，在这五分钟里，她得从几百只僵尸中找到她最爱的那一只。

五分钟之后，爆炸就会把洛根的僵尸大军化成灰烬。

波比脱下了铁甲——为了有效隐身，这是需要冒的风险——在洛根的平台上等待着。从这里，她可以清晰地看到地平线上太阳即将升起。

那是行动开始的信号。

在等待的这段时间里，波比转身端详着洛根的巨大黑曜石王座。这是个丑陋的造物——它几乎是他专制思想的最好诠释。而且本不是跟她说过黑曜石很有用吗？

她拿出了本借给她的钻石镐，笑起来。洛根的王座会是一个很好的纪念品。

当太阳升起时，她刚好收好了最后一块黑曜石。时间到了。

波比喝下一瓶药水——本溜进要塞的院子里，专门为她炼制了这瓶药水——然后“激活”了红石火把。她脚下的地板打开了——但她刚刚喝下的缓降药水让她可以轻柔地落进下面的坑里。波比逐渐下降，渐渐接近那一大群僵尸，这让她不禁想起本那段具有创伤性的故事。就像她当时被困在蜘蛛网里，缓缓滑向死亡一样，愈靠近地面，波比愈发紧张起来。

在落地前的一瞬间，她拿起一支箭扎向自己，然后消失了。

下面可怕的怪物们漫无目的地游荡着，碰撞着墙壁和身边的其他怪物，等待着洛根再次将它们释放到毫无防备的世界里的那一刻。它们不知道她在这里——她有点儿担心它们会闻到她的气味，或者以某种方式发现她——但她的确正安全地在它们之间移动着。她又快又谨慎，虽然她不想触碰到它们，但她要在很大一片地方进行搜索。

她在寻找约翰尼，她很快就看到了一个熟悉的面孔。

不过，那不是约翰尼的面孔。

“牧师埃弗里？！”

那一瞬间，波比忘记了自己身处危险之中。看到她的老邻居的惊讶之情让她不禁喊出了他的名字——这让他暂时注意到了她。不过牧师埃弗里转过身，却什么都没看到，于是便继续向前走起来。

很幸运，因为牧师埃弗里是一只僵尸。

波比逐渐理解了其中错综复杂的关系。那些通往这个坑洞的隧道——那些在小镇之下，包括她的小镇之下的隧道——不是只是用于往小镇里运送僵尸的。

它们还可以把僵尸运出来。

这就是洛根的军团变得如此庞大的原因。一开始，他可能只捉住了几只僵尸。但当这些僵尸感染了居民之后，它们的数量就增加了。这样，随着更多的小镇遭受攻击，这支大军也会继续壮大。

她还在僵尸群中看到了农夫布里亚。小镇所有居民都在这里——她的邻居们，她的朋友们，她的父母——都被迫加入了洛根的邪恶军团，不得不听命于这位背叛了他们的男孩。

波比的隐身效果消失了。她闪电般迅速拿出了另一支箭扎向自己。

一分钟已经过去了。

在四分钟之后……本就会用爆炸摧毁洛根的军团。

也包括波比认识的所有人。

第三十七章

如果波比想要阻止本的计划，就得赶紧行动。她肯定没有时间去找他了——但爆炸呢？她可以阻止爆炸发生。

也许。

通向深坑的隧道一共有三条，本会从这三个方向送入装满炸药的矿车。

他的计划是从南边的隧道开始，沿着深坑转一圈，最后来到北边。因此波比也要先从南边开始。

她以最快的速度跑起来，与僵尸们只有咫尺之遥。它们在她接近时受到惊扰，吼叫起来，好像发现了有一位闯入者——但她依旧处于隐身状态，而且在不断移动，因此它们的双臂只抓到了空气。

这是个很疯狂的想法，但她还有什么别的选择呢？

她用掉了第三支箭，她只有不到三分钟的时间拯救所有人。

在最南边的隧道里，她只停了一小会儿，就决定了要采取的行动方案。用石头不足以阻挡驶来的矿车引发的爆炸。但黑曜石也许足够坚硬。

她堵住了隧道，然后跑向下一个。

已经用完了五支箭，第四支将她的隐身时间再次延长了一分钟。

她在人群中看到了僵尸化的牧羊人埃利斯，这促使着她继续前进，跑得比以往任何时候都要快。

但这个深坑很大。虽然她在不顾一切地向前奔跑，大量的僵尸阻挡还是使她的脚步减缓了。在用黑曜石堵住第二条隧道时，她的隐身效果已经快要消失了。

她计算了一下。她来不及去最后一条隧道了。

如果她的弟弟在那边怎么办？或者是她的父母？

她拿出第五支，也是最后一支箭时，心中有了答案。如果她不能阻止爆炸，只能让僵尸们远离那里。

如果要这么做，那她就需要诱饵。

她把第五支箭丢在了地上，没有使用。

她迅速地穿上了铁甲，敲了敲头盔，祈求这样可以带来好运。

然后她深吸了一口气。

"嘿，僵尸们！"她喊道，"来抓我啊！"

这奏效了。深坑中的所有僵尸马上朝她聚集过来。

这场面就像小镇曾遭受的僵尸袭击一样——但要可怕

得多。单单这里僵尸的数量，就足以令她惊慌不已。她背靠着墙，集中精神回忆着训练中学会的技巧，摆出防守的姿势，击退进入她攻击范围的怪物们。但她正处于劣势，不只是因为寡不敌众。她害怕再次打中同一只僵尸，她担心自己会对可以被治好的人造成不可逆的伤害。

突然间，她被一支箭射中了。

“嗷！”她喊道，然后寻着箭射来的方向望去。有骷髅隐藏在僵尸群里了吗？

她看到了第二支箭，及时躲开了它。这支箭并不是从僵尸群中飞来的，而是从上方来的。

她抬起头，看到洛根正在露台上，对她怒目而视。

“你为什么还活着？”他咬着牙说道，“你在下面做什么？”

他没有等她回答，射出了第三支箭。波比躲过了——但闪到了身边僵尸的爪下。

她的生存概率已经很低了。但现在看起来，她已经几乎不可能活下来了。她的节奏乱了，也不能同时躲避来自近处和远处的攻击。她一次又一次地受到攻击。虽然铁甲帮上了忙，但也只能帮她多承受一些攻击而已，完全不够。

波比心中泛起一阵冰冷的恐惧感。她知道自己快要撑不住了。

突然间，爆炸发生了。深坑的背面被火海吞噬，泛起浓烟。僵尸们听到动静，转过身去，洛根也一样。波比想逃跑——但她动作太慢了。她身边的僵尸向她逼近。她靠在墙上，让它们无从攻击她。但她还是被僵尸淹没了……而且，更糟的是，她知道自己失败了。她想救出这些僵尸，但最后还是无法让它们逃脱洛根的魔掌。

最后，她还是没能拯救任何人。

穿过僵尸群，她看到了高高在上盯着她的洛根。他只是冷酷地看着她，无动于衷。虽然他没有任何理由要帮她，但波比还是觉得他的冷漠和袖手旁观比僵尸们本身还要可怕。那些不死生物只是在遵从本性。但什么能让一个人变得如此扭曲呢？

突然间，洛根猛地朝后退了一步。一支箭插进了他的肩膀，他的脸上露出愤怒的表情。

“叛徒！”他喊道，“你知不知道你在干什么？！”

离波比最近的僵尸被击退到一边，突然间，本出现在了她的面前。

“我在做正确的事，”本说道，虽然这句话是对洛根说的，但他的目光却落在波比身上。“发生什么事了？”他边问她，边迅速地在周围摆上了栅栏，为他们留出一些喘息的空间。“计划不是这样的。”

“小心那把剑！”她警告着他，“那些僵尸里有些是我的朋友。”

本发出一阵短促的笑声。“我就知道你喜欢僵尸。”

又一声爆炸声传来，整个要塞好像摇摇欲坠。

“那是什么动静？”洛根喊道。

“是你的卧室，”本朝他喊道，“如果你快点儿的话，也许还能保住一些你的战利品。我的意思是……我没偷走的那些。”

洛根露出痛苦的表情。“这事没完，”他说道，“你们都会后悔的。”他从上面狠狠地瞪了他们一眼。“你知道的，我会来报仇的。”然后他便转身跑了。

波比皱起眉。“我觉得你帮我们拖延了一会儿时间，”她说道，“但你还是没有完全打破劫掠行为的循环。”

“我知道乱动他的东西不是计划的一部分。”本耸耸肩，“我有一些多余的炸药，还有一肚子怨气。但这不意味着我是个坏人，不是吗？”

在波比做出回答之前，那只矮个子僵尸从僵尸群中跳了出来，爬在了本背上，拉扯着他的头发。

“约翰尼！”波比说道。

“哎哟！”本喊道，“快让这个爱吃肉的宝宝从我身上下去！”

“约翰尼，没事的。”波比说着，把弟弟拉了下来。他还在不停地朝本拳打脚踢。“他是我们的朋友！他其实没有伤害到我。基本上没有。”

“说得对，”本说着挠挠头，“所以我们现在可以从这里出去了吗？”僵尸们紧压在栅栏上，用牙齿啃咬着，用拳头击打着脆软的木头。“不然的话，我会让你的僵尸朋友们消化不良的，你肯定不希望这种事发生。”

他们挖开石头，转到其中被黑曜石封死的一条隧道里，炸药对这里造成了不小的伤害，但本还是修理好了这里的红石机械，而波比则制作了几辆矿车，把它们放在了爆炸范围之外的铁轨上。

“本，我要坦白一件事，”波比说着，把弟弟放进了一辆矿车中，“我承诺要给你的报酬……我付不出来了。当时，在我们寻找黄金的时候，我把那些绿宝石留在了箱子里。”

“是啊……我知道。”本说道。

波比感到震惊。“你知道？为什么？”

本耸了耸肩。“我一直都在盯着你。我看到你把它们放在了那里。”

“但你没有去碰它们。”波比笑起来，“你完全可以丢下我们，但你没有那么做。就算你知道我不能给你报酬。”她用手臂环绕住了他。“哦，我就知道你是个好人。”

“好吧，其实，”本说道，“我猜我也得坦白一件事了。”他举起一颗绿宝石，“当我知道你把绿宝石放在了那里之后，其实就直接下手了。”

波比惊掉了下巴。“你——你这混蛋！”

“嘿！”本说道，“等一下。你的想法是对的。我本来就可以随时丢下你们二人。因为我已经拿到报酬了！”

“我想是这样。”波比不情愿地说道。

本伸出双臂，想再次拥抱。“所以你原谅我了？”

“是啊，”波比说着，一把把他推进了约翰尼那辆矿车旁边的一辆空矿车里。

本大笑起来——然后他便看到波比把手放在了红石火把上。“波比，”他小心翼翼地说道，“你在干什么？”

“你是我唯一相信可以保证他安全的人。”她回答道。

“我们可以一起保护他。”本坚持道。

波比摇摇头，眼中闪过泪光。“本，洛根不会善罢甘休的。他会带走我珍视的每一个人，带着他们跨越大海，然后让他们去伤害其他人。我要想办法阻止他才行。这样才能拯救所有人！”她擦掉了一滴泪水，“但我不能一直让约翰尼处于危险之中。我要让他远离洛根，离得远远的。”

“你们两个都要远离他，”本反驳道，“你没有我那么了解他。他是个危险人物！”

“这也是我为什么必须这么做的原因，本。”她说道。

接着，她便激活了拉杆。

“波比，停下！”随着矿车驶远，本大喊道。

约翰尼悲伤地吼叫着。

“你们照顾好彼此！”她朝他们喊道，“不要停止寻找解药的脚步。总有一天，我会再见到你们的！”

此刻，她驻足远望，看着本和约翰尼飞驰着离她而去，进入黑暗。

然后她便把注意力转到了手边的任务上。

她的小镇被摧毁了，但她还有机会拯救曾经住在那里的人们。

最终，这不正是一个家所需要的吗？不是一个地方，而是那里的人们？

她并没有失去自己的家园，它不存在于她的回忆里。

它属于她的将来。而她，会倾尽所能拯救它。

致谢

恐怖小说爱好者都知道，最棒的僵尸故事不止是关于吃人的不死生物的。那些故事是关于集体的——关于人们在生死存亡面前团结一致（或者不团结）的故事。本着这种精神，我想感谢为了能让这本书诞生而坚持不懈、共同努力的充满才华的人们。

我首先想要感谢编辑亚历克斯·戴维斯，他向我提出了这个让人难以抗拒的非常酷的点子。这本书中我喜欢的一些东西便源自他的想法，在我疑惑、不安，或是错过交稿时间时，他的鼓励、想法和耐心让我能继续前行。这让我很激动，因为这只是我们合作的开始。

感谢魔赞人的信任，让我可以在狂野又美丽的主世界讲述故事——特别是亚历克斯·威尔特希尔，总能在我最需要的时候提供好的建议。（她也谅解了我总是忘记把末影人这个词的首字母大写这件事。看，我这次记住了！）

感谢大森卡兹和伊丽莎白·A. D. 伊诺制作的炫酷封面和包装完美地抓住了本书的精神——同时也刻画了我和

僵尸故事之间的密切联系和它们对我的深刻影响。（同时我要向已故的、伟大的乔治·罗梅罗表示谢意。）

感谢企鹅兰登书屋的文字编辑、校对人员、总编，以及在幕后默默付出的其他工作人员。他们是我们最爱的书籍背后的无名英雄——而且，在出版本书的过程中，他们为了给我留出尽可能多的时间，克服了许多非常棘手的时间期限问题。我的感谢之情无以言表。

感谢丹尼斯·希利，负责我的《伍德斯沃德历险记》与《石剑传奇》两个作品系列的编辑，邀请了我在这个美妙的沙盒中讲述了一段故事，并让亚历克斯注意到了我。

感谢我的代理人，乔希和特蕾西·亚当斯，他们让我的许多梦想成为现实。感谢安德鲁·艾利奥普洛斯，与我时时相伴的冒险伙伴，让我衣食无忧，让我在压力过大时保持乐观，帮助我解决了几个异常棘手的世界观细节问题。安德鲁，没有你，我肯定会变成一个古怪的废人！

感谢所有向我表达了对《伍德斯沃德历险记》或《石剑传奇》的喜爱之情的年轻读者们、父母们、祖父母们、老师们和图书馆管理员们。你们的赞美之词（和图画！）让这一切付出都值得。我希望你们中会有人跟随我的脚步来到这个系列。

最后特别感谢我的好友，约翰·詹尼森——恐怖小说爱好者、点子王和我的头号粉丝。这是为你准备的，伙计。